恋愛証明書

崎谷はるひ

RB
幻冬舎ルチル文庫

CONTENTS ✦目次✦

恋愛証明書

✦カバーデザイン＝齋藤陽子（CoCo.Design）
✦ブックデザイン＝まるか工房

イラスト・街子マドカ✦

恋愛証明書

毎月の第二、第四水曜日には、安芸遼一《あきりょういち》にとって、なによりも優先させるべき約束が待っている。

午後の一時、もうずいぶん見慣れた部屋の中を遼一はぼんやりと眺めた。

頻繁に使うせいですっかり定番になった部屋は、壁紙の小さな模様までも覚えてしまっている。ひとりでチェックインして、苦さを伴うときめきを運ぶ相手をじっと待つ間、することもなくただこの部屋を眺め続けたせいだ。

このホテルは、表向き風俗営業の形をとってはいないけれど、その筋では有名な穴場だ。内装はあえて洒落《しゃれ》たビジネスホテルふうにしつらえられているが、窓には大きな目隠しがあって、採光は悪くないものの、外部を見ることも、見られることもない。

要するに用途がひとつに決められているからだ。こんな場所で夜景を――あるいは昼に利用するものも多いだろうが――見るものなどいないから、かまわないのだろう。

「もうすぐ一年で、月に二回、だから……」

わざとらしくひとり呟《つぶや》き、そのあさはかさに自分で呆《あき》れる。計算するふりなどせずとも、この部屋を利用するのがこれで二十一回目だとわかっていた。

虚勢を張る必要もないのに平然とした表情を浮かべているのは、このあとにやってくる時間に負けないためでもある。

眉間《みけん》に痺《しび》れを覚え、顔が強《こわ》ばっている気がした遼一は、備えつけの鏡に青白い顔を向けた。色素の薄いふっさりとした睫毛《まつげ》が目元に影を落とし、まるいラインの小振りな唇だけがいやに赤い。それが何度も唇を嚙《か》みしめたせいだと気づくと、ひどくいやになる。

二十代半ばにもなったというのに、遼一の顔立ちには男臭い印象がいっさいない。するりと細い顎《あご》から続く、しなやかなラインを描く顔はもともと色白だが、この日はひどい緊張を覚えているせいか、血の気が失《う》せきっていた。

学生時代にはモデルのスカウトを受けたこともあり、雑誌に写真が載ったこともある。きゃしゃでさほどの長身でもないため、将来の見こみがないとアルバイト程度でモデルはやめたけれど、いまだに中性的で人形めいたきれいな顔だとよく言われる。

だが、顔が整っているのもいいことばかりとも言えない。すっきりと切れ長の目はクールな印象を与えるようで、ふだんから気をつけてやわらかく穏和な表情を保たないと、冷たいとかとっつきにくいなどの、悪印象を持たれてしまうのだ。

(だめだ。もっとふつうの顔しなきゃ)

ことに今日は、いつも以上に平静な顔でいなければならない。線の細い鼻筋に緊張のあまりか皺《しわ》が寄っていて、遼一は指先に摘《つま》んでそれを解くように努力した。

肩を上下して息をつくと、頼りない薄い骨が胸に引っかかるような気がした。

やわらかいラインのシャツの下、尖《とが》った肩胛骨《けんこうこつ》が艶《なま》めかしく呼吸に連れて動くのがわかる。

ゆったりとしたデザインの、手触りのいいこれは、これから部屋を訪れてくる男が「似合う」と言ったものだった。

最後と決めた日に相手の気に入りの服を着てくる自分の心情が、健気《けなげ》なようないじましいような、複雑なものを孕《はら》んでいて、失笑が漏れる。

(俺はいったい、なにをしているんだか)

ベッドの端にきゃしゃな身体《からだ》を腰掛けさせたまま、遼一は深く吐息した。不意に、どうしようもない胸苦しさがこみあげてきてうっかり涙ぐみそうになる。

「しっかりしろ……」

唇を何度か嚙んで瞬《またた》きを繰り返し、目尻にたまったそれをごまかした。そしてこのあとで切りだす別れの言葉を、胸の中で繰り返す。

(悪くなかったよ。ありがとう。……違うな、楽しかった？　俺が楽しんでどうすんだ)

嬉《うれ》しかった。それがいちばんふさわしいけれど、そんなことを伝えて未練を知られるのもまっぴらだ。

空調の効いた部屋の中では季節感がないけれども、寒《かん》の戻りか外はずいぶんな冷えこみだった。やがて来る春を思わせるやさしい色合いの陽光も、この部屋にまでは届かない。

「准《じゅん》くんは、制服、できたのかな」

あの愛くるしい幼児が私立小学校のかわいい制服を纏《まと》った姿を想像して、これは本心からの微笑《ほほえ》みがこぼれる。

遼一の愛した彼のひとり息子は、こんな自分にもずいぶんとなついてくれて、本当に濁りなく慈しむ気持ちもわきあがった。

それでも、ここからはじまった関係だから、ここで終わらせるべきなのだろう。

一年。長かった。充分だった。

最後に、やさしくしてくれて嬉しかったと、せめて笑って言えれば、幸いなのだけれども。

「春海《はるみ》さん……」

口にした名前の響きから受ける、穏やかなイメージにやや不似合いな、硬質な顔立ちを思い出せば胸がつまる。

今日はこのままいっそ、約束を忘れてくれまいか。願うのは、そうすれば終わりの言葉を先延ばしにできるだろうかという、あさましい気持ちのせいだ。

それでも律儀な彼がそれを違《たが》えることはないのだろうと、わかっているだけにつらい。

会いたいけれど、会いたくない。心乱れたままシーツを摑《つか》んだ遼一の細い指は、白く強ばっていく。

時計の針が奏でるささやかな音さえも、遼一の張りつめた神経にひどく障って、うるさかった。


「遅くなった、すまない」

「いいえ」

きっかりと一時を十五分回って、部屋のチャイムが鳴らされる。所在なくベッドに座りこんでいた遼一は、習慣どおりそろりとドアを開いて皆川《みながわ》春海を中に誘った。

頭ひとつは自分よりも身長があるのに、こういうときの彼はいつもうつむいて、伏し目がちなままだ。おかげで、いつもよりも不器用に微笑む遼一にも気づかないのだろう。

(俺なんか、見てないんだよね)

不満を覚えるなどと、勝手なものだ。いつもと同じ自分を演じながら、それでも変調に気づいてもらえないことに焦《じ》れている。

「春海さん?」

それでも彼の弱気な気配には案じる気持ちがさきに立って、そっと広い背中に手をかけ、中に入るよう促しながら名を呼んだ。

問いに応《こた》えるように深い吐息がこぼれるのは安堵《あんど》か、疲労か、罪悪感か、それともそれらのすべてが綯《な》い交《ま》ぜになったものか。その意味を遼一は知ることはできない。

「なんか疲れてる？　あったかいものでも飲みますか？」

「いや……いいよ」

知らないまま終わるのだろうなと、ぼんやり思いながら、唇は勝手に穏やかな声を発した。

「准くん、今日は？」

「史恵《ふみえ》のところに泊まるそうだ」

「そうですか……」

もと妻、笹山《ささやま》史恵の名を口にする瞬間の春海の苦い声に、遼一は目を伏せた。

この一年近く、春海が愛息子を男手ひとつで、どれほどの努力と愛情で育ててきたのか知っているだけに、彼のせつなさと不安は遼一の胸をも苦しくする。

「明日……また、いつも通り夕方に、迎えに行くことになってるんだけど……」

春海が言葉尻を濁したのは、不安にかられるせいだ。准を史恵に預けるたび、このまま帰ってこないのではないかと、毎度ながら複雑になるらしい。

こういうときの春海は、ふだんのほがらかさが嘘《うそ》のように頼りなげになり、縋《すが》るように遼一の身体を抱きしめてくる。

協議の末、比較的円満に離婚した彼らの間で決められた、月に二度の母子の面会は、いつも春海を不安にさせる。ふだんは穏やかに自信をもったエリートのスタイルが、我が子に関してはぼろぼろに崩れてしまうようだ。

(怖がってる……誰も、あなたから准くんを取りあげたりしないのに)

ばかなことを、と遼一は笑う。准本人が父と母、どちらになついていたのかは、他人の遼一にもわかるほどあからさまだというのに。

だが遼一には、そこまでを口に出す権利はない。ただ内心のせつなさを殺して微笑むしかできない。

「パパさん、しっかりしましょうよ」

やさしくやんわりとたしなめるような言葉を零《こぼ》して、いつものように清潔に整えている春海の髪をそっと撫《な》でてやると、彼こそが子どものような目をして軽く睨《にら》まれる。

拗《す》ねた視線が、かわいいと思う。それでも春海には、若いばかりの男にはない落ち着きが見て取れた。家に戻ればしっかりと、父親として逞《たくま》しく振る舞っているのだろう。

「明日、准くん迎えに行くときには、そんな顔しちゃだめですよ」

「ん……」

ばつが悪そうに頷《うなず》いた春海へもう一度笑ってみせる。縋るようにぎゅっと抱きこまれると、鋭角的なきれいな顎しか見えなくなった。

(残念)

力強い抱擁は好ましいけれども、本当は少し不満だ。背が高いせいなのか、気を抜いた春海はやや猫背気味だ。そして近づいた端整な顔立ちは、いつでもうつむいている印象がある。

ただ眺め続けた時間の長さ――それを思い出させるような表情に、胸が痛い。

まさか、こんなふうに理想のままの姿をした男と、どうにかなるなんて思ったこともなかったと、少しばかりの苦みを含む幸福を遼一は嚙みしめる。

吐息が触れそうな近さにいても、遼一はいつでもこの彼を、どこか距離を置いたところから見ているような錯覚から逃れられない。

(そうじゃない……か)

錯覚ではなく、その距離を踏み越えることをためらったのは自分のほうだったと、遼一は内心で自嘲《じちょう》する。

「明日も、お仕事なんでしょう」

「ああ」

「じゃあ、……ね?」

早く、と慣れたふうを装って笑みを浮かべると、ようやく父親の顔から男のそれへと表情を変えて、春海の抱擁が深くなる。頰《ほお》にあたるスーツの感触と、ほのかに香ったフレグランスに、遼一はうっとりと目を細めた。

春海の私服姿を見ることは滅多にない。ふだんから仕事ばかりで、ワードローブも大半がスーツらしい。

ことに今日のような日――史恵に会う日には、仕事に行くときよりよほど良質なそれを纏っていることが多いと知ったのはいつだったか。自身に気を入れる意味もあり、いつも以上に身だしなみには気をつけるのだと言っていた。

——あいつは服にうるさいからね……だらしない格好なんかしていたら、なにを言われるかわからない。

春海が史恵に対しての愚痴をこぼしたことは滅多になく、だから遼一はよけいに覚えていた。

一方的に三行半《みくだりはん》をつきつけ、男のもとへと出ていった妻。それを咎《とが》めることはできない自分であることを、彼はよく知っている。苦い罪悪感と後悔の伴う過去のせいでもあるが、もとより春海は、他人の悪口や非難を口にするような人間ではない。

また、遼一に気を遣《つか》ってか、あまり史恵の話はしないようだった。そういう気遣いもまた、嬉しくないとは言えない。

むろん、だからこそ、却《かえ》って複雑でもあったのだが——。

（……よそう）

どうしてもぐるぐると巡ってしまう思考が、指を鈍くして気を散らせる。

軽く首を振って物思いを振り払い、指を伸ばし、ネクタイをほどく。指に触れる絹の手触りが遼一をいつもときめかせた。

「ん……」

唇を重ねながら、質のいいジャケットを広い肩から落としてやる。一度身を離し、ネクタイと上着を丁寧にソファの背にかけながら、春海の身体をそっと眺めた。

袖を抜くためにひねった背中には、無駄な肉もない。盛りあがった逞しい筋肉の感触を、遼一の指先が誘うようになぞった。小さく震えた春海は、そのことではっとしたように口を開く。

「あ……シャワーは」

「春海さん。いいから、しよう？」

外から来たばかりで、と変に冷静なことを言い出した春海にじれったくなり、あえて急《せ》いた仕種《しぐさ》ですっきりした首筋に腕を回す。引き寄せて、煽《あお》るようにその情の厚そうな唇を舐《な》めると、春海の澄んだ瞳もまた、情欲にけぶった。

「んん……っ」

変貌に甘く応えて絡《から》めた舌を舐めながら、こみあげる苦しさを遼一はこらえた。

こんなふうにきつく抱きあい唇を重ねても、自分は恋人の位置にさえいない。奇妙な距離感を遼一は痛いほど知っていて、だからことさらにセックスに逃げるような真似をする。

春海を溺《おぼ》れさせ、ほんのわずかな時間とはいえ、彼の鬱屈《うっくつ》を忘れさせてやりたかった。そうなるよう、努めてきた自負もあった。たとえ、どこかいびつなそれの不自然さに気づいていても、彼の望む形の自分でありたかったのだ。

抱きこまれるようにして、ベッドに転がる。ひとまわり大柄な春海にシーツへ押さえつけられても、その焦れた表情を眺めてやわらかに笑ってやるほかに、遼一にできることはなにもない。

(好きにして、いいよ)

首筋に嚙みつくように求めてくる春海の抱擁の強さに、これから始まる時間を予想しては高ぶった。早くもあがってしまいそうな息をこっそりこらえると、そのあえかな呼気に春海は煽られたようだった。

「ちょ、……それは、待って。皺になる」

春海がやや性急に遼一のまとったシャツを捲《まく》りあげてくる。

自分で脱ぐからと咎める声を発すると、春海は少し不機嫌そうに手を引いたあと、低い声を発した。

「遼一は余裕だな、いつも」

「……なにを言ってるんですか」

笑っていなしながら、笑みのうしろで衣服を脱ぐ手の先が震えている。こんな弱い自分に気づかないでくれと遼一は思う。

「――まったく若いなあ、春海さん」

その苦しさをごまかすように、わざと遼一ははすっぱな声で当てこする。

実際には、二十四の遼一よりも、春海は八つほど年上だ。だが諸々の事情でセックスにおいてあまり報われていなかった春海は、遼一という存在を得てみれば、どこか青さを残した求め方をする。

「茶化すんじゃない」

むっとしたように眉《まゆ》を寄せて、半端に衣服の絡んだ姿を春海が引き寄せてくる。背を向けてシャツを腕から抜けば、絡みついてくるしなやかに逞しい腕が嬉しいことだけは否めない。

「も、う……久しぶり、なんだから」

もっとゆっくり、と抗議の声をあげながら、指先にとらわれた胸の先が、すぐに固くこごって恥ずかしい。

「久しぶりだからだろう。早くって言ったのはそっちのくせに」

うそぶく春海は遼一の薄い肩に噛みついて、つれなさを咎めた。

春海は、かつて女性に対しては義務感でしか行えなかった淫らな行為の埋めあわせをするかのように、激しく求めてくる。

それが嬉しくないわけがない。ただひどく、誰にともなく申し訳ないと、そんな気持ちが胸を塞《ふさ》ぐのだけはどうしようもなかった。

「それとも……その気になれない？」

「そう……じゃない、けど」

熱のこもった愛撫《あいぶ》が身体をじわりと痺れさせ、早々に乱れてしまいそうな己を羞《は》じる遼一は、だからこそさきほどから、軽口で理性を保とうとしているだけだ。

静かに、探るように胸をいじられて、本当はじりじりと腰が疼《うず》いている。

「春海さんこそ、なんか、焦ってない？」

「……ごめん」

だが、その曖昧《あいまい》な答えをどう受けとめたのか、春海は肩口に額をつけると深々と息をつき、誰にともつかない言葉を漏らす。

「いつものことなのに……慣れないね」

呟きは、遼一に向けてのものではないのだろう。春海自身が、准を史恵に預けることに対してどうしても不安定になってしまう、自嘲でしかない。

その痛みが、胸の奥を冷たくさせる罪悪感と連動して、理性の残るうちだけはどうしても遼一を熱くさせてくれない。

(可哀想に、春海さん)

哀れさと同時に、むなしさを噛みしめる。詫《わ》びるように、慰めるように、遼一は春海の整えた髪を撫で、そっとこめかみに口づけた。

春海のようなきちんとした男が、会社を休んで、子どもを預けて、年下の同性とこんな卑猥な場所で淫らな行為に耽《ふけ》っていることが、ひどく間違っているような気分にさせられる。

誓って、遼一と春海の関係は彼の離婚が決まる前からのものではなかったし、この逢瀬もむしろ成り行きだ。春海の中で遼一が優先事項として存在しているわけではない。

（わかってる。俺は、ついでなんだから）

わかりきっている事実を何度も胸の裡で繰り返して、遼一は苦みを飲み下す。

春海にとっての遼一は、多分ちょっとした避難場所のようなものだ。ただそこにあって、ゆっくりと心安らかに過ごすための、一時しのぎのような。

決して、遼一自身を求められたからこその関係ではない。それを忘れてはいけないのだと、この一年、内心で繰り返した言葉を噛みしめる。

（だいじょうぶ。わかってる。間違えたりしない）

はじめに情があってはじまった関係ではない。愛されている、わけでもない。ただ身体と、彼に心地いい言葉を、愛撫を与えるだけの、愛人以下の存在だ。

たちの悪いことだとは思うが、春海が自身の性嗜好《しこう》を自覚したのは結婚したあと、それも妻に離縁状をたたきつけられたときだったらしい。

五年間、男女としての意味で触れあわずそれでも、いい夫、いい父親でいようと努力した春海を、そしてそれをどうにか受け入れようとしていた史恵を、責めることなど遼一にはできない。

彼らはそれぞれに頑張って、そして疲れ貫けず、破綻したのだ。

それでも、このいま春海に抱かれている自分というものに比べ、史恵に対して一抹の同情と罪悪感を覚えてしまうのは否めない。傲慢と知りつつ、誰だって自分の夫に女として顧みられなければ、傷つきまた憤るものだろうと思うのだ。

愛されたいひとに、そういう対象としてみられない苦痛は、同性愛者である自身に置き換えなくとも、誰しも共通の痛みだろう。

第一、不安定な春海につけこんだ自覚もある遼一には、そんなふたりをくさす権利も、はなからない。

(気づかないで)

ただ願いながらそっと鋭角的な頬に口づけて、彼とは違いあまり筋肉のつかない遼一の腹を撫でた指に、自分のそれを絡めてみせる。

「だいじょうぶ。俺のことなら、好きにして、いいよ」

「いや、それは」

「わかるでしょう……?」

婉然《えんぜん》と微笑み、下肢で既に期待に膨らんだ場所へ指を誘えば、了解、と耳を噛む声にようやく、笑みが混じる。

「ただ、久しぶりだから……やさしく、してください」

「すまない。なんだかいつも、気が急いて」

自分を羞じたような呟きを落とし、薄い肩に口づけてくる春海に、遼一はかぶりを振る。

本当は望むまま、乱暴に抱かれてもかまわないのだ。彼を慰める手伝いをできればそれ以上は求めないと、月二度の逢瀬に甘く溶ける自分を戒《いまし》めるので、いつも精一杯だった。

（ごめんね。ちゃんと相手してあげないといけないのにね）

春海に気を遣わせては本末転倒だ。遼一のことでなど、このやさしい男にはかけらも悩ませたくはない。

「いいんです。お仕事とか、准くんのこととか、いろいろあるし。疲れてるんでしょう？」

「いや、そういうわけじゃ……」

だいじょうぶ、ともう一度唇を啄《ついば》んで、覆い被《かぶ》さる広い背中を抱きしめ、口ごもった春海の舌先を吸いあげ、言葉を封じる。

春海を満たして、慰めてあげるのが、なにも望まない遼一の、ただひとつの望みだった。だからことに今日は、自分がのめりこむわけにはいかなかった。

「いいから、……わかってるから」

詫びてほしくない。言い訳もいらない。それはどんなに情を交わしても、あくまで春海にとっては、手近にいた都合のいい相手だからだと思い知らされるような気がするからだ。

やさしい、それだけに残酷な男に対してなにかを求めることを最初から諦《あきら》めていたから、これは自業自得なのだと遼一は目を閉じる。

「ん、ん、……っ」

春海が同性とのそれに戸惑《とまど》い、手慣れた遼一にリードされていたのも最初のうちだけだった。関係を持って一年、こつを摑んでしまえばもともと器用らしい春海のセックスは巧みで、近ごろでは遼一が一方的に泣かされる回数も増えた。

いまこの瞬間にも、肌を探る指先にあっけなく陥落させられそうな自分を、遼一は必死でこらえている。

(乱れるな)

身体だけはどれほど奔放になってもいいけれど、心はしっかりと保たなければならない。そうでなければ、きっと本音がこぼれてしまう。それだけはいけないと、遼一は広い肩にしがみつく。

「春海さん……」

「なに?」

うわずったそれに片頰で笑って、春海が耳朶《みみたぶ》に嚙みついてくる。さらりとこぼれた遼一の茶色い髪は襟足で遊ぶように不揃《ふぞろ》いに踊って、その感触が彼は好きだと言う。

髪を撫でてくれる指の長さ。やさしい手つき。これを忘れないでいようと遼一は思う。

泣くのはあとでいい。忘れられないような夜を終わらせて、彼が去ったあとに、ひとり泣けばいい。

「もっと……」

つらい胸の裡は淫靡な笑みに押し隠し、熱のこもる吐息を肌に振りまいて、遼一はただ体感だけを追い求めるべく、静かに目を閉じた。

＊　＊　＊

春海をはじめて見かけたのは、もう三年近く前のことだ。

遼一は、自分の勤めるカフェレストラン『ボガード』に通ってくる、常連の客に一目惚《ひとめぼ》れした。それが春海だ。

少しばかり裕福な人種の多い、どこにでもある平凡な住宅街。大通りから少しだけ入りこんだ一角に、ひっそりとたたずむ店は、いつもそこそこにぎわっている。

煉瓦《れんが》造りのレトロな外観はなかなかおしゃれ。そして年齢不詳な長身痩躯《そうく》の、やたらとこだわりのある店長、余呉清順《よごせいじゅん》の淹《い》れるうまいコーヒーが売りだ。

基本的には大人のための静かなカフェだが、近隣には保育園があるため、昼時や午後には園児たちを連れた客でいっぱいになる。

（あ。今日もいる）

その中でもひときわ目立ったうつくしい親子は、いつでも窓際の、いちばん採光のいい席に座るのが習慣になっていた。毎週土曜日には母親ばかりでなく父親も訪れて、それが遼一のひそかな楽しみでもあった。

「ねーねー、ぱぱ。准ね、きょうね、てつぼで『さかがあり』したよ」

大好物のホットケーキを囓《かじ》りながら、おぼつかない口調で語る子どもに、やわらかでよくとおる声が応えた。

「はは。それは逆あがり、だろ？　准」

「うー、さか、さか、が、があ……？　さっ、さがかありっ」

愛くるしい幼児の零したつたない言葉に対しては、彼のほうがまるで屈託なく甘ったるいような笑みを浮かべる。それが彼をいつもよりずいぶんと若く見せるからどきりとした。

「違うよ。言ってごらん、さ・か・あ・が・り」

「さかー……ええとね。みーこせんせいにね、おしりをね、ぽーんで、くるんっ！　なの」

言葉を直すのが面倒になったのか、幼児は身振り手振りで父親に、その日の成果を説明する。それに対し、彼は小さく噴きだして、准の頭を大きな手で軽く叩いた。

「そうか。くるんっ、か」

「違うよ。ぽーんっ、で、くるんっ、だよ！」

彼の横顔は端整で、理知的な顔立ちは、真顔でいると一見冷たい印象を覚えるほどに隙《すき》がない。だからこそ目尻に皺を刻むような笑顔はひどく心に残る。

「どっちでもいいわ。准、あんまり大きな声を出さないで。まわりのひとがびっくりするでしょう」

「ごめんちゃい、まま」

「叱られたな、准」

「しかられたー」

母親にたしなめられた准は、くすくす笑う父親に抱きついて、えへへと甘える。それに応えるように、首を傾《かし》げて彼もやわらかく小さな身体を抱きとめる。

（あー、いいなあ……）

きゅん、と疼いた胸にトレイを押し当て、遼一はそっとため息をつく。彼の笑みは胸がとろけそうに甘くて、やさしそうな年上の男性に弱い遼一のツボを直撃する。

はじめて彼を見かけたとき、うつむいて笑う睫毛の長さと、顎のラインが好きだと思った。遼一のスタンバイするカウンター横からこっそり盗み見るたびに、彼の目は准にだけ向けられている。だから、遼一にはうつむき加減の表情しか見えない。

だがいずれにしろそれらの表情は、たかが店員に向けられるものではなかった。だから遼一は、彫りの深い端整な顔立ちをうっとりと眺めるにも、限られた角度——准を見つめる際の、斜めに傾げたそれでしか、知りはしない。

彼の溺愛する愛息子にはとろけるような笑顔を見せていたけれど、その瞳の奥がどんな色をしているのかまでは、むろん遼一にはわからない。

それでも、好きになるには充分だった。

「もう。春海さんも、ちゃんと叱ってちょうだい」

「はいはい。奥さん、すみません」

たとえその向かいに座るのが、彼によく似合いの、すっきりとしたスーツ姿の美女であっても、それぞれの薬指に、うつくしい揃いのデザインの指輪があっても。

「ぱぱもしかられたー」

「叱られたなー」

彼らふたりの長所を集めて、さらに甘くコーティングしたかのような少年を挟む、非の打ち所のない幸福な家族の光景に、どれだけ胸が痛んでも、見つめることはやめられない。

「あ、すみません。おかわりいただけますか」

「はい、お待ちください」

照れ屋なのか、遼一に向かってオーダーをするときは、ほんの少しだけ眉を寄せて笑うのがくせらしい彼の、名前も覚えた。

皆川春海、年齢は三十を少しすぎている。よくＣＭにも流れる有名な会社のシステム開発部の課長。学生時代はスキーサークルに入っていた。身長はたぶん一八〇センチ以上。

穏和で清潔でハンサム。そして――とてもとても、子煩悩《こぼんのう》。

（准くんのパパで、史恵さんの、旦那さん……）

店に来る奥様がたは他人のプロフィールを詳細に語るのが大好きだ。おかげで遼一も、言葉も交わしたことのない、彼の仕事まで知っている。

「お待たせいたしました。カフェ・グラッセでございます」

声を交わすのは、オーダーの一瞬。近づくのはそのオーダーを届ける数秒。

「どうもありがとう」

目があえば軽く会釈をする程度の関係だけれど、ひっそりした片思いを遼一は楽しんでいる。遠く、手の届かない憧れの姿を、せつなく見つめ続けるだけ。

（目の保養だよ。いい男は好き。俺は女のひとはだめだけど、子どももかわいい）

仕事も楽しく、なんの問題もない。ほんの少しの息苦しさは、客受けのいい甘い顔の下にきれいにしまって、知らないふりでやりすごす。

割りこむつもりなど、毛頭ない。ただ見ているだけで楽しいのだ。

「ありがとうございました。またお越しくださいませ」

「……どうも」

会計を済ませる際にもスマートな春海と目があえば、少しはにかんだ顔がある。それを見られるだけで、その日一日、遼一は楽しくいられた。

きれいで完璧な、遼一が一生得ることのできない『幸福な家族』の姿を、こうして眺めていたかった。まるで映画を鑑賞してその世界観に浸るように、遼一もその幸福を分けてもらえたような気分でいられた。

春海らが去っていくころには、ちょうど午後の閑散時だ。誰もいない店内でテーブルを拭《ふ》き、夕刻に備えながら、遼一はうきうきと記憶を反芻《はんすう》する。

「あー……今日も素敵だった、皆川さん」

うっとり呟くと、黙って見ているだけだった余呉店長はぼそりと釘を刺した。

「遼一。まじめに勤めたいっていうから俺は、おまえを雇ったんだぞ？　男引っかけさせるためじゃねえんだぞ」

面長の顔立ちに似合う、トレードマークである丸眼鏡を引っかけた高い鼻梁《びりょう》に、くっきりと皺を寄せている彼に、「うるさいなあ」と遼一は返した。

「べつに、なにもしないよ。見てるだけなんだから、いいじゃないか」

それくらい咎めるな、と口を尖らせると、余呉は苦い顔をする。

保護者然とするこの店長とは、定番ながら学生時代、二丁目で知りあった。とはいっても馴《な》染《じ》みのバーで意気投合し、酒を飲んだだけだ。互いの好みが嚙みあわないせいで、歳の離れた友人でしかない。

しかしそれだけに、報われにくい恋ばかり繰り返す遼一を、彼は誰より案じてくれていた。

「――あのひとは、やめとけよ」

余呉は茶化した遼一を、あくまで真摯《しんし》に咎めた。聡明そうなレンズの奥に、心配と呆れを混在させられて、肩をすくめた遼一は歯切れ悪く反論するしかない。

「見てるだけで、いいんだから。いいじゃないか……」

ドラマか映画のワンシーンのような、幸福そうな若い家族。それにわざわざ嘴《くちばし》を突っこんで、痛い目を見るのはこちらのほうだなどと、言われずともわかっている。

なにより、あのきれいな光景を壊してしまうことは忍びなく、おいそれと近寄ることもできない。

だが、わかっていると言っても余呉は少しも納得しない。

「おまえはそう言っていっつも、泥沼にはまるじゃねえかよ」

「この店に来てからは、そんなこと一度もないだろ」

反論の言葉が鈍るのも、過去を知られている気まずさからだ。

自覚している分厄介だが、遼一にはファザコンの気《け》がある。

幼いころから父の顔を知らず育ったせいか、自分の嗜好を自覚してからは「サラリーマンふう」のしかも「子煩悩な父親タイプ」に惚れこむことが多かった。

むろん、そういう相手は大抵はノンケで、遼一の想いが報われることはない。また逆に、うっかりと関係を持てれば不倫になってしまう。そのうえ、家庭を平気で裏切れるという点で、遼一の好みからはやはり外れるというダブルバインド。どっちに転んでも、ろくなもんじゃない。

おかげでいままで、あまり報われないような恋愛しかしたことがないのだ。

修羅場を何度も経験し、やはり泥沼になりかねない既婚者はよくないと悟った。ここ数年は適当に遊び歩いていたけれど、どうもしっくりこないというのが本音だったもので、しばらくは特定の相手も作ることはしなかった。

「おまえは絶対に叶《かな》わない相手にしか惚れられないのか？」

「だって……そういうのが好きなんだもん」

余呉には毎度呆れられるが、好みのタイプがそうなのだからしかたないと、諦めていた。

「あーあ、どっかにいないかな。独身でゲイでハンサムで、やさしいお父さんみたいな感じのひと」

「……微妙な好みだよなほんとに」

「うるさいですよう」

あちらを立てればこちらが立たずの贅沢な好みに、余呉は呆れた声を発する。夢を見るくらいはいいだろうと、遼一は口を尖らせて兄貴分の店長を睨んだ。

「あのな。おまえのために言ってんだぞ。その、独身とゲイを引っこ抜いたら、皆川さん、おまえのストライクど真ん中だろうが」

「う……」

余呉の指摘どおり、春海は、もう見た目から雰囲気から、遼一の理想を絵に描いたような相手だった。

軽さのない、清潔な印象の微笑みを端整な顔に浮かべ、所作はあくまで上品。背が高く、すらりと若々しく引き締まっている身体は、スーツの似合いぶりを考えてもかなり逞しそうだ。控えめでしかし朗らかな低い声はやさしく、耳に甘い音色をしている。

(かっこいい……やさしそう)

性質も穏やかそうで、常連となってからたまに交わす会話――といってもオーダーと会計程度だが――の様子からも、華やかに見えて堅実で、真面目な男だということが知れた。

遼一は、ただ見栄えがいいだけの男に興味はない。なにより、准をあやすときの春海の甘い表情は、遼一が焦がれてやまない「やさしい父親」そのものの姿をしていた。

だから、いいかげんにしろと思いながらも目を離すことができなくなったのだ。

(いいなあ……)

あんなふうに愛されることができるなら、どれだけ幸福になるだろう。羨望《せんぼう》を載せたまなざしは、できる限り控えめに注いでいたつもりだったけれど、それは目ざとい余呉にはすぐにばれた。

「あーんなステレオタイプな幸せ家族、いまどきじゃめずらしいぞ。毎週毎週、仕事が休みの日に必ず家族サービスにつきあう旦那なんか、そういるもんじゃない」

「わかってるよ」

哀《かな》しいことに、春海の顔を見られる土曜日は、イコール彼がどれだけ家族を大切にしているかの証拠でもあるのだ。

やさしいハンサムなひとを見つめられて嬉しい。けれどそれが絶対に、手の届かないものだと毎度思い知らされるのは少し苦い。

「わかってるって、けど、おまえ……」

「だいじょぶだって。アイドルとか俳優に入れあげるのと同じだよ。俺ミーハーだし、面食いだし」

つらくはないのか、と心配顔を隠さない余呉へ笑ってみせる。

「火遊びにつきあわされるのは、きついし。それにあのひと絶対、俺になんか興味ないもん。平和で、いいんじゃない？」

決して触ることのできないきれいなものだから、憧れているのだと告げたそのときには、遼一自身本気でそう思っていた。

それ以上を望んだことなど、一度もなかった。

一度も、なかったのだけれど——。

＊　　＊　　＊

物事にはときどき、思わぬ変化が訪れるものだ。

遼一にとってそれは、彼らがボガードの常連になって二度目の春。よく晴れた、ある日のことだった。

「いらっしゃいませ、……？」

カウベルのついたドアを押して入ってきた春海の姿に、遼一は違和感を覚えた。

いつも颯爽《さっそう》としている肩が力なくおりて、准をその手に抱えているというのに少しも表情が晴れやかではない。

「今日も、いつものでよろしいですか？」

「ああ……お願いします」

声をかけると、いつもならにっこりと会釈してくれる彼が浮かべたのは、おざなりな苦笑めいたそれだけだ。鋭角的な頬のラインには憔悴《しょうすい》と疲労が滲《にじ》んでいる。口数は少なく、テーブル席に着いてもただ黙って遠い目をしたままだった。

「ええと。准くんはホットケーキだよね？　あとミルクの甘いの」

「……ん」

また、ふだんは元気で明るい准も、うつむいたままかたくなに小さな手を握りしめている。

こちらも様子が変だと、遼一は心配になった。

（なんだろ。元気ない？）

（どうかしたんかね）

心ここにあらずといった感じで、余呉までもが「どうしたのか」と遼一と顔を見あわせた。

准は好物のホットケーキを前に黙りこみ、ちっともフォークを握ろうとしない。

ふっくりと可愛《かわい》らしい頬が青ざめて、父親に似て凛々《りり》しい眉は、店にいる間中しかめられていた。丸いおでこに皺が寄って、幼児らしからぬその気むずかしい表情に、遼一のほうが眉を寄せてしまう。

（なにか、あったのか……？）

なにより、いつもそこにいた、すらりとしたうつくしい女性の姿がなかったのが気になる。

たしかに、たまには史恵が仕事の都合で来られないこともあった。そうしたとき、春海は准とふたりでこの店を訪れていたけれど、今日のこれはあまりに妙だ。

いやな胸騒ぎを覚えつつも、そこはプライバシーだ。いっさいを問う権利もない従業員は、結局手つかずに終わったブレンドコーヒーと、冷めて固くなったホットケーキを黙って下げるだけだった。

そして、明くる日から、いままでウイークデイには毎日のように通ってきていた准の姿が、ぱったりと消えた。

「どうしたんだろう……？」

「さあな。事情でもあんだろ」

余呉も、他人事《ひとごと》は放っておけといいつつ少し気がかりな様子だった。いつ准が現れてもかまわないように、こっそり下ごしらえしたホットケーキのタネを、ひとりぶんだけ毎日始末する羽目になっていた。

(どうか、したのかな……)

他人の距離はもどかしい。そして同時に情けないものを感じる。しょせん関わりあいのない人間だと思い知らされたようで、踏みこめないラインを見てしまったような寂しさを覚えても、遼一は静かに唇を嚙むしかなかった。


准ら皆川親子の様子がおかしかった、その翌週の火曜のことだ。店休日の前日とあって、久しぶりに羽目を外すかと、遼一は仲間の集う街へと足を延ばしていた。

このところ夜の歓楽街を訪れることもずいぶんなかった。

新しい出会いを求める気力もなくなっている自覚はあったのだが、この日は不意に同じ嗜好を持つ連中の間に紛れたい気分になったのだ。

「よ、リョーちゃん。お久しぶり」

「ああ、タカさん。こんばんは」

顔見知りに声をかけられ、にこやかに応える。三十代後半から四十代前半といったところの『タカさん』とは常連の店が同じな飲みともだちだが、本名はお互いに知らない。

「今日は『止まり木』に？」

「うん。タカさんはもう帰り？」

問いかけると、馴染みのバーに向かう遼一とは逆に、この日はもう帰るのだと彼は言った。素性はよく知らないが、どうやら夜の仕事をしているらしい。

この街では呼び名以外は聞かないのがルールだ。いくらオープンな時代になったとはいえ、リスクの大きな性癖を持つことは変わらない。素性をろくに知らない相手に本名やプロフィールなど教えては、あとでどんな目に遭うかわかったものではないからだ。

少し寂しいけれど、それも自分の身を護《まも》ることになると遼一に教えたのは余呉だった。というのも、まだ遼一がこの世界に飛びこんだ最初のころ、気を許してあれこれと話す若者を危ぶんで、説教混じりに『そう簡単に気を許すな』と余呉が叱りつけたのだ。

「てっきり、いいひと見つけたのかと思ってたよ」

「まさか、忙しかっただけだよ」

「そう？　みんな、リョーちゃんはまた恋に溺れてるんじゃないかって噂《うわさ》してたんだけど」

最近この街に来なかったのは、本命と上手《うま》くいっているせいだと思われていたらしく、遼一は苦笑する。

「相変わらず趣味悪いせいで泣いてるのかと」

「もう、余呉さんと同じこと言う」

この街の顔見知り連中にも、遼一の「悪趣味」はばればれだ。笑って躱《かわ》しながらも、ぎくりとする。そしてふっと浮かんだ春海の顔に内心で苦笑した。

（そんなつもりない、のに）

恋愛体質で、ずぶずぶに溺れたい自分が、相手を探す気力もないのはやはり、頭の片隅に春海の姿があるせいなのだろうか。

ふっと思案顔になった遼一に、タカさんはなにかを察したのだろう。話題を変えるように、声のトーンを変えて口を開く。

「さっき、リョーちゃんが好きそうな男見かけたよ。いかにもリーマンで、三十ちょいかな。これがちょっといい男でさあ、背が高くて」

「なあに、それ」

またからかうつもりなのかと眉をひそめつつ、「そうじゃなくて」と少し慌てる相手の様子に、なにかがふっと引っかかった。

「でもそれが素人っぽいっていうかさあ。こう……思案顔で、あっちの店に入ろうかっちゃあやめ、頼りなさげに看板見上げてため息つきーの」

「へえ？」

気になっちゃってというタカさんは、ガタイはいいけれど性的嗜好は遼一と同じ、抱かれる側を希望する。派手な風体《ふうてい》のわりに案外ひとがよく、ついでに言えばややミーハーで、噂話が大好きだ。立ち話でも長くなるので、困ったな……と思いつつ遼一は相槌《あいづち》を打つ。

「小一時間前に見たんだけどさ。ありゃなにがなんだかわかってないねえ」

「ノンケの冷やかしじゃないの？」

「違うね。なんか思い詰めた顔してた」

あれは初心者だろうと、自信たっぷりに言いきったタカさんは、こっそりと声をひそめる。

「カレ、『ベチュラ』知ってるのかなあ……あの辺ほっつき歩いてたんだよね」

「え。それ、まずいじゃない」

囁《ささや》くような声で零された店名に、遼一も顔をしかめる。『ベチュラ』は名称だけはうつくしいが、その実かなりのハードゲイ志向で、SMプレイも辞さないスタイルを売りにしている。しかも裏では名前の通り「白い」粉を扱っているというたしかな噂もあった。いずれにしろ初心者には、やばすぎるだろう。

「知らずに行ったりしたら、ひどい目に遭っちゃうのになあ……なんでまた」

「せめて、マニュアルくらい読んでくりゃいいのにねえ」

「あれもガセ多いでしょ」

風俗誌などがまとめたおもしろおかしいガイドブックに踊らされるのもどうなのか。

「まあ、もしかしたら知ってて行ったのかもしれないけど。冷やかしに来るならそう冒険はしちゃいけないよね」

高い勉強代にならなければいいがと、その某氏についてひとしきりかしましく語ったあと、タカさんはそれじゃあねと手を振った。曖昧に笑み返し、遼一はまた歩き出す。

そしていつもの店に向かうつもりで足を進めつつ、なんとなく気が重くなった。

（やな話聞いちゃったなあ……）

ひとくちに二丁目といっても、そこで営業する店のタイプは千差万別だ。遼一らが常連になっている店はけっこう上品で、仲間内でのんびり酒を飲み、ふだんの生活から自分を解放するほうがメインで、あまりがっついたナンパはない。

オンリーの看板——ゲイ以外お断りという意味だ——も掲げてはおらず、あまり悪質な冷やかしではない限り、女性もノンケもOKだ。

だがこの界隈では一歩間違えば、表沙汰にできない危険なことになりかねないような場所も、たしかにある。

むろん、その危険度は女性でも同じだ。この街はゲイだらけだとうっかり信じこみ、無防備に遊びに来たり、わけもわからずディープな店に顔を出すと、ひどい目に遭う。

二丁目には純粋なゲイだけではなくバイセクシャルもいる。また、オカマ狩りのため紛れこんで、ついでに女に興味はないはずだという思いこみで高をくくっている『おこげ』を狙い、食ってやろうという粗暴な連中も、夜の街にはたしかに存在するのだ。そして初心者のゲイなどは、その狩りのターゲットにもなりやすいし、それこそぼったくりバーのような店に引っかかることだってある。

「……どうすっかな」

ぴたりと足を止め、遼一は深々と息をついた。なんだかさきほど、タカさんの語った素人くさい誰かさんが、どうにも気になってしかたがない。

──いかにもリーマンで、三十ちょいかな。これがちょっといい男でさあ、背が高くて。

その瞬間、ぱっと頭に浮かんだのは春海の顔だった。いいかげん自分も毒されていると思うが、その春海似の──遼一の脳内では勝手にそうなっていた──某氏が、『ベチュラ』でひどい目に遭う光景を想像すると、どうしても居心地が悪くなったのだ。

「あー、もう、しょうがないっ」

そうまで気になるなら様子を見に行けばいい。あきらめのため息をついて、遼一は進路を変更した。

例のカレとやらにもう店の中に入られていてはアウトだが、もしもまだふらついているようなら引き留めてやるくらいはできるだろう。

お節介も自覚する。厄介ごとは放っておけという、夜の街の暗黙の了解も、いいかげん知らないでもない。けれど、どうしても引っかかるのだ。

「これで明日、変な事件にでもなったら寝覚め悪いし！」

マイノリティ同士つきあっていくには、いまの日本ではなくなったような情の介在も、たしかに必要だと、遼一は誰にともなく教えられている。そう自分に言い訳しつつも、おのれのあさはかさには気づいていた。

（ほんとにそっちの趣味で来たひとなら、大きなお世話だ……）

だが、そこは「なにもわかってなさそうだ」というタカさんの勘を信じるほかにない。ミーハーでおしゃべり好きだが、そのぶん女性的な勘の鋭い彼は信用できる。

（まあ、最悪俺が恥をかくだけのことだし）

自分でもばかだばかだと思いつつ、夜の街を歩いた。たまには馴染みの顔にあたることもあって、それぞれに会釈など交わしつつも、薄暗い路地を目指して遼一は細い脚を動かした。

小一時間前、とのことだから、もしやタカさんの言う彼はどこかの店に入ってしまったかもしれないし、そうでなければ帰途についたことだろう。

無駄足とは思うが、それでもなんだかいやな胸騒ぎがして、遼一は問題の『ベチュラ』が存在する通りを覗《のぞ》きこんだ。

（相変わらずやな感じ……）

そこには、少しばかりでなく退廃的なムードの漂う人種が集っている。ひどく暗くて、ひとの顔もはっきりしない。それはあるいは、ただ街灯の照度が低いというだけではなく、場所に漂う暗い空気のせいであるような気もした。

ほんの通りひとつ離れただけだというのに、遼一のよく行く『止まり木』の界隈とは明らかに違う気配が漂っていて、苦手な場所だと遼一はかすかに眉をひそめた。

（あらら……いるわ）

参ったなあ、と吐息したのは、タカさんの言ったとおりだったからだ。所在なげにうろうろと看板を見上げて、ため息をする背の高い男は、結局どこの店にも入りあぐねていたようだ。

（しかもほんとに似てるし）

うしろ姿まで春海に似ている気がした。予想していたくせに——いや、あるいは予想どおりすぎたからか、遼一は一瞬どきりとした自分を嘲笑《あざわら》いつつ、その男に近づいていく。

「ね、ちょっと……あなた」

そこかしこから猥雑な匂いのする、粘った視線が飛んできて、遼一自身も寒気を覚えながら背の高い男の肩を、背後から叩いた。

「……っ!? だ、誰」

そろりと、なるべく脅かさないように声をかけたつもりだったが、広い背中は怯《おび》えきったようにびくりと強ばった。そんなにびびるくらいなら、なんでこんな街に来たものかという呆れはこの際おいておいて、「ちょっと、こっち来て」と告げる。

「ここじゃ詳しい話できないけど……。べつに怪しいもんじゃないし」

言いながら、そんな自分がいちばん怪しいかもしれないと遼一は思うが、どちらにしろ長居をしたい場所ではない。

「え、ええと……」

「ああもう、とにかく来いったら！」

状況を呑《の》みこめないのもわかるが、了承を取るのもまどろっこしい。こうなればうさんくさがられてもかまうかと、自分よりも背の高い男の腕をやや強引に掴んで、遼一はもと来た道を引き返した。

「え……あの、きみ？」

「あのね、どういうつもりであんなとこ、うろついてたのか知らないけど、あのへんやばいんだよ？」

半ば引きずるように、男の大きな手のひらを掴んでずんずんと歩き出すのは、背後からのねっとりした闇に捕まってしまいそうな恐怖を覚えたからだ。

（うう、やだやだ。ほんと怖い、ここらへん）

ちゃきちゃきと早口に語りつつ、背後の彼を咎める。遼一自身さほど度胸があるタイプではないし、にやにやとこちらを見ている連中の荒《すさ》んだ空気に、どうしても歩みは速くなる。

「ひとの嗜好に口出しできるわけでもないけど、ハードプレイ好きなひと？」

「は、ハード……？」

だが、問いかけに面食らった返答をした男に、素人は怖いもの知らずだと呆れ返った。

「あー、やっぱり知らないで行っちゃったんだね。まあいいや、次からは近寄らないほうがいい。じゃなきゃまずいよ」

「そ、そうなのか？　すまない」

「めちゃくちゃにやられるか、そうじゃなくても脅迫されて、カモられちゃうよ」

それは、と口ごもった声に、思わず苦笑が漏れる。こんな、どこの誰とも知らないような男の言うことを素直に聞いてしまうのも、それはそれで問題だろう。

薄暗い道では互いの顔もはっきりしないが、声の感じから、遼一よりは年齢が高いだろうことは知れた。しかし男は妙に従順で、遼一に抗《あらが》う気配もない。

（年上っぽい気がするけど……意外に世間知らずなのかなあ）

まあ、いい年になっていきなり「コッチ」に目覚めた場合は、右も左もわかるまい。それもありかと、同情を交えて遼一は嘆息する。

摑まれた手を振り払うこともせず、男はうしろをついてくる。大きな手のひらにはどこか縋るような力がこもっていて、なんだかかわいいなあと遼一は思った。

（ナンパするつもりはなかったけど……これはこれであり？）

動揺のためかぼそぼそと歯切れは悪いが、声はけっこういい感じだ。これで好みのいい男だったら、一緒に飲むくらいはいいかもしれない。

「飲みたいんだったら、俺、いいとこ知ってるから、そこ行こう」

「え……いいのか？」

振り返らず早足に歩きながら、たしか神話の中にこういう話があったな、と遼一は思い出す。竪琴を持った詩人の話だっただろうか。振り返れば、すべてが無に帰してしまうという寓話に、神様との約束はずいぶん理不尽なものだと思ったものだった。

「少なくとも、一時間も迷子やってるより、いいでしょう？」

声をかけたのはこっちだよと笑い、あのいやな雰囲気の通りをようやく抜けて、ほっとした遼一が振り返る。

「きみ……」

「え？」

背後で、息を呑む気配がした。大通りの近く、明るいネオンの差す街並みは、夜目にもくっきりと互いの顔が見て取れる。驚愕《きょうがく》の声に振り返り、その瞬間遼一こそが、悲鳴をあげるのではないかと思うほどに驚いた。

「なんで……きみ、遼一くん……だろう？」

「そっち、こそ……なんで」

皆川さん、と目を瞠《みは》ったまま呼びかけた声はかすれた。

思いがけない――想像もできなかった人物の姿に、遼一は愕然とする。

(うそだろ……)

どうしてとか、なぜ、と考える以前に、これはなにかの間違いだと思った。

日の当たる窓辺がよく似合う春海の端整な顔立ちは、粘ったような闇の中にあってなお、清潔な印象がある。いるべきでない人物との突然の邂逅《かいこう》は、遼一を軽い恐慌状態に突き落とした。

だが、我に返ったのは春海のほうが早かったようだ。

「あ……っ」

はっと正気づいたように遼一の手が振り払われ、じんわりと哀しい気分になる。焦ったようなその所作はまるで、自分に触れていたことを嫌悪していたかのように思えた。

はたき落とすような勢いのそれに、遼一はうっすらと微笑み、自分の手を抱えた。

「ばれちゃったかな。でも、そんな気持ち悪がらなくても」

「！ いや、あの……ごめん」

春海は自分のリアクションにも戸惑った顔をして、慌てたように謝罪する。遼一の傷ついた表情に、かなりうろたえたようだった。

「ごめん、そういう意味じゃない……っ」

「ん、いいよ。……でも、だめですよ。ああいう、よくわかんないとこうろついちゃ」

言い訳を必死に紡《つむ》ごうとする彼にかまわないと告げ、遼一は歌舞伎町一番街に向かう通りを指さしてみせる。

「あなたはあっちでしょう？」

薄く笑うように目を細めてみせたのは、絶望の色に曇る自身の醜い表情を知られたくないためだった。

「テリトリー違うとこに来るのは、大人として反則。……ね？」

「いや、だから――」

なにごとかを言いかけた春海に、遼一は黙ってかぶりを振った。そのまま背中を向けたのは、泣いてしまいそうな自分をこらえるのにも限界を感じたせいだ。

(ばれた……っ)

まさか、こんなところで春海に出くわすとは思えず、遼一はかなり混乱していた。いかにもこのあたりに慣れた自分を暴露しては、ごまかしようもなかった。

振り払われた手のひらが痛んで、それ以上に胸の奥がじんじんと鈍く疼く。強く握りこんだ指先は小刻みに震えていて、急激に視野が狭くなるのを遼一は感じ取る。

顔も確認しないまま、いらぬお節介など焼くからこんな羽目になるのだ。だが、それも自分で選んだことだから、どうしようもない。それでも、感情は割り切れるものではなかった。

(なんで……こんなことって)

偶然にしてもあんまりだ。いままでじっとただ、遠く紗《しゃ》のかかったようなうつくしい光景を見つめて、静かに胸を痛めた日々の、あの苦しさはなんだったのか。

眺めているだけでよかったのだ。遼一自身を個人として認識さえされていなくとも、ただ店の背景のひとつとして存在しているだけでも、かまわなかったのに。

(もうだめだ……!)

春海は気味悪がって、もう店にさえ寄りつかないかもしれない。二度と顔を見ることさえ、できなくなるだろう。

いままででも最低の結末を迎えた失恋に、眩暈《めまい》がしそうだった。

けれど、突然に背後からの足音が近づいてきて、遼一の細い腕が摑まれる。

「――待ってくれ……っ」

「!」

痛いほどのその力と、追い縋るような声に振り返る。そうして、苦渋を滲ませた春海の顔が思うより近くて、遼一はひどく驚いた。

「な、……んですか?」

はじめて間近に見た、やはり端整な顔立ちにうっかり見とれそうになる。こんなときだというのに、節操もない――と遼一は臍《ほぞ》を嚙んだ。

「わかってるって、間違えただけなんでしょう?」

痛みを覚えるほど早鐘を打つ心音をこらえ、逃げ腰のままどうにか上目に問いかけると、春海は必死にかぶりを振った。

「違うんだ、そうじゃなくて……誤解しないでほしいんだ」

遼一の腕を捕まえたまま、告げてくる言葉に苛立《いらだ》ちそうになる。

自分はゲイではないとか、そういう埒《らち》もないことを無神経に訴えるつもりかと思えば、ため息が漏れた。

「ああ、心配しなくても、こんなこと誰にも言わないよ。俺のほうがまずいし――」

「そうじゃない！」

しらけた顔を装い、吐息混じりに「吹聴《ふいちょう》するつもりはない」と言ったのは遼一のせめてもの意地だった。しかし春海はそれこそが違うと強く否定して、また首を振る。

（そうじゃないって、なんなんだ）

意味がわからず首を傾げると、遼一の薄い肩に両手を置いた春海は、呻《うめ》くような声で言った。

「……教えてくれ、頼む」

「え？　なにを？」

肩に食いこんでくる、大きな手のひら。さきほど手のひらを握りしめたよりも強く、縋るようなそれに、遼一は混乱する。それと同時に、彼の手の感触に場面も忘れてときめいてしまう。

だが、次にこぼされた血を吐くような声のただごとではない響きに、遼一は息を呑んだ。

「どうすればいいのか、わからないんだ……！」

「え……？」

なにか、どうしようもないものに追い立てられているような春海の異様な気迫に、さきほどまでの恐慌は少しだけ収まったけれど、意味はわからないままだ。

（いったい、なにがどうしたんだ）

もう一度見上げたさきに、見たこともないほど憔悴した春海の顔があった。苦しげな表情に胸が痛くなって、遼一は反射的に腕を伸ばし、その頬に触れる。

春海は少しだけ身じろいだが、今度は振り払われはしなかった。疲れを表して乱れている髪をそっと撫でてやると、うなだれていた顔をあげた春海が縋るような目を遼一に向ける。

間近に見つめられることが苦しすぎて、せつなかった。

懇願するようなまなざし。やつれた様子でさえも、春海はうらぶれた感じにはならず、どこか色めいた雰囲気さえ漂う。

事情はなにひとつ、わからない。だがこのまま、こんな顔をする春海を放っておけない。

「落ち着いて。……話、できるとこに行きましょうか？」

惚れた弱みだとそっと苦笑して、遼一は「ついてきて」と細い顎をしゃくったのだ。

＊　＊　＊

バー『止まり木』には、いつでも静かでやわらかいジャズが流れている。しっとり落ち着いた風情の店内には、ひげのダンディだがオネエ言葉のマスターがいる以外、これといって「らしい」空気はなかった。

これならば春海も馴染みやすいだろうと、センスのいい内装の店に足を踏みこむと、すぐに低い声がかけられる。

「あら、遼一くんお久しぶり」

ぱっと微笑んで見せたマスターは、連れだって現れた遼一と春海の姿に冷やかすような視線を向けた。しかし、無言で首を振った遼一が唇の前で指を立てると、それ以上の詮索《せんさく》はしない。

「マスター。どっか、空いてる？」

「……角のテーブルが空いてるわ。サチくん、ご案内して」

「はい」

うなだれている春海の状態を慮《おもんぱか》ってか、席はなるべく隅のひとの寄りつかないあたりにしてくれた。

マスターはこの道三十年というベテランの苦労人だ。それだけに、ひとを見る目もけっこうあり、暴走しかける若い連中のご意見番ともなっている。

遼一自身、数年前に不倫の果て絶望したとき、マスターの含蓄ある言葉に救われた。この街で、余呉のほかに遼一の本名や素性を知る、数少ない人間でもある。

「ごゆっくりどうぞ」

店員のサチは教育の行き届いた所作でテーブルにふたりを案内したあと、すっと下がっていく。会釈した遼一が隣に目をやると、春海はうなだれて目を伏せていた。

やわらかく落とした照明のせいだけでなく、春海にはいつものような明るさや覇気《はき》がまるで感じられない。広い肩を落とした姿に、胸が痛む。

「とにかく、これ飲んで、ちょっと息ついて」

「すまない……」

ぐったりとした顔を取りつくろえもしない春海に、気つけの酒を勧める。その種類がなんであるのかもたしかめず、ウイスキーのグラスをひといきに干すから遼一のほうが驚いた。

(だいじょうぶかな……)

眉をひそめ、じっと見つめていたが、春海は黙りこくってうなだれている。憔悴しきった横顔に、遼一は思いきって口を開く。

「ねえ。もういまさらなんではっきり聞きますけど……なんであんなとこに？　ここらのこと、知らないで迷いこんだわけじゃ、ないんでしょう？」

言外に、奥さんはどうしたんだと問いかけてみると、明らかに春海の頬は強ばる。きりきりと寄った眉も嚙みしめた唇も、彼の魅力をなんら損なうものではない。状況も忘れて見惚《みと》れそうになりながら、遼一は言葉を繋《つな》いだ。

「いったい、どうしたんですか？　最近、店にも来なくなって……」

踏みこみすぎかと思ったけれども、縋ってきたのは春海だ。訊《き》く権利もあるだろう、と半ば居直りながら再度問いかければ、新しいグラスをこれも一気に飲み干した春海は、ようやく震える唇を開いた。

「史恵……妻は、いなくなった」

かなり強いアルコールを一気に流しこんでも、春海の顔色はすぐれなかった。青い顔のまま、ぼそりと、恐ろしく暗い声で告げたそれに、遼一は内心で嘆息する。

（やっぱりか……そうじゃないかと思ったんだ）

ここしばらくの様子から想像していたなかでも、最悪の事態が起きていたのだ。准と春海の心境を思えば、他人の遼一でも胸が痛かった。

「今日……離婚届が届いて。もうあとは、判を押すだけになってて」

「あの、じゃあ、准くんは？　どうなったんですか？」

近ごろ姿を見なかった、あの可愛らしい少年が気がかりで、遼一はいやな動悸《どうき》をこらえて問いかける。春海は息をつめ、わななく声で答えた。

「状況が落ち着くまで、史恵が面倒を見ると……連れて行ってしまった」

予想できたことではあったが、遼一には言葉がない。あんなにも、傍目《はため》からもわかるほどに溺愛していた息子を取りあげられ、春海はどれだけつらいことだろう。

「そう、ですか」

青ざめた頬が震えていて、痛ましい。必死になにかをこらえているような春海を、いっそ抱きしめてあやしてやりたい。そんな衝動がこみあげたけれど、遼一は必死に抑えた。

「どうして……こんなことになったんだろう？」

長い沈黙のあと、ぽつりとこぼれた低い声とともに、彼の瞳が光っているのを遼一は見てしまった。目を逸《そ》らしたほうがいいのか、それとも見つめていてやればいいのかわからず惑い、結局は自分に負けてじっと、弱々しい姿をさらした春海を眺める。

泣き出しそうな大人の男を慰める術《すべ》など、遼一はひとつしか——この身体を使うことしか知らないから、こういうときにどうすればいいのか、少しもわからない。

小刻みに震えている肩にそっと手を添えるとその手のひらに痛みでも与えられたように、春海はきつく目を閉じた。大きな手で顔を覆って、泣いているのだと知る。

どうしていいのかわからなくて、遼一はそんな自分が歯がゆい。

（どうすれば、いいんだろう）

助けてくれというようにマスターに目で縋るが、彼はふっとかぶりを振る。ただ洗練された動きでカウンターから出てくると、遼一に冷たいおしぼりを渡した。

そしてグラスを新しくして、テーブルを去る間際にそっと遼一の肩を叩く以外、マスターは無言だった。

助力はなしと宣言されたようなもので、しかたなく遼一はおしぼりを差し出しながら、うまくない言葉を告げる。

「あの、……ご夫婦のことだから、俺わからないけど……原因、思いつかないの？」

すると、冷えたタオルで目元を覆った春海は、びくりと肩を強ばらせた。

「夫婦じゃ……なかったから」

「え？」

うつむいたまま彼が呟いたことの意味が、遼一には一瞬わからなかった。しかしその気まずそうな様子から、もしやと思う。

「違ったら、下世話でごめんなさい。……夜のこと？」

問いかけに、春海は一瞬硬直した。そしてゆっくりと頷く彼の姿に、遼一はため息がこぼれてしまいそうになる。

「あの……でも、えっとＥＤ……とかじゃないんです、よね」

男性にとっては致命傷にもなりかねない問題をそっと問いかけると、逡巡《しゅんじゅん》のあと、ようやく顔を隠していたタオルを外し、それはないよと弱く苦笑した。

「検査もした。そういうんじゃないそうだ」

「……ごめんなさい」

暗い瞳に根深いものを見て取り、遼一は恐縮する。小さくなった遼一に、いや、と首を振って春海は言った。

「俺こそ、すまないね。情けない話、聞かせてしまって」

「そんなの、いいんです」

軽い笑いには多分に自嘲が混じっていたものの、さきほどより春海の気配は軽やかだった。

誰にも言えなかった苦痛を、顔見知り程度の、しかも年下の青年に漏らしてしまったことで春海はいっそ居直ったのか。そのあとはもうひといきに、胸の裡を吐き出しはじめた。

「もう……史恵と寝なくなって、五年になるかな」

「五年……ですか」

アルコールで唇を湿らせながら、准が産まれて以来、妻とは肉体的な交渉を持っていなかったと、春海は遠い目で呟いた。

(五年も、なにもなしって……)

その事実には、さすがに史恵のことが、ひどく気の毒にも思えた。年齢を聞けば、遼一よりは年上だがまだ二十代。准が生まれた当時となれば、いまの遼一と同じくらいだ。

春海のためにあまりあからさまな反応はすまいと思ったが、それはむずかしかったようだ。遼一の顔色を見て、春海は自嘲気味にこぼす。

「社会に出て、誰かを養っていけるだけの自信もついて。……史恵と結婚して、すぐに准が授かって。嬉しかったし、彼女に感謝もした。大事に、しようとも思った」

ぽつり、ぽつりと語る様子から、どうやら春海はあまり家族に縁がない生い立ちをしていたようだった。

「俺の家はそれこそ、早くに父が亡くなって、母もそのせいで忙しくて……家に帰るといつも、ひとりきりだった。おまけに再婚した父とどうも、折りあいが悪くてね」

それだけに早く、自分の家庭を持ちたかったし、結婚にはずいぶんと憧れていたのだという。子どもも欲しかった。自分がうまく愛されなかったぶんだけ、精一杯の愛情を注いでやりたいと、そうずっと願っていたのだと、春海は語った。

自分のことを話すときには少しかたくなに、子どものことを話すときには面はゆそうに語ったその声音の違いだけで、言葉になんの嘘もないことはわかる。ほほえましく、少し眩《まぶ》しくて目を細めた遼一には気づかず、ふっと吐息した春海は表情をさらに歪《ゆが》めた。

「だから夢が叶って、本当に幸福だと……思ったんだけど」

「……けど？」

「思えば、彼女を愛してるかとか、そういうことよりも、とにかく結婚したかったのかもしれない」

勝手なのは自分だと、春海はうなだれる。自嘲気味に呟く春海に、遼一はなにもかける言葉が見つからなかった。

しかも、妻であった女に去り際、きつい声で告げられたその内容は、厳しいものだった。

——あなたは、あたしじゃなくてもよかったんでしょう？　准みたいに、かわいい子どもを産んでくれる女なら、誰でもよかったんでしょう？

吐き捨てられ、否定しきれない自分がなにより春海は歯がゆかったと言った。

「そうじゃないと、どうしてか言えなかったよ。言葉がなかった。史恵は嫌いじゃないし、むしろ好きだ。だがそういう曖昧な答えじゃ許せないと、そう言われてね」

いまでも彼女に情はあったけれど、女として愛しているかと問われるとどうしても、答えられなかった。

「愛してるのかって言われても……なんだかそれも、よくわからなくて」

彼女の求める「愛」というものの重たさに、応えきれる自信はなかった。低く呟いたそれに、遼一は今度こそ言葉を失う。

不器用なひとだ。そして残酷なほど真摯だ。

（そこで、嘘でも愛してるって、言えばよかったのに）

ごまかすための甘い言葉など言えないからこそ、春海はある意味誠実なのだろう。けれどそれでは、史恵の求めた答えは一生与えられない。

話を聞きながら、ある意味、史恵という女性はまだ年齢的にも若くあるだけでなく、とても素直に愛情を欲する女なのだろうと思えた。またおそらく、春海に対してはいつまでも現役の女で居続けたかったのだろう。

（奥さんはこのひとを、……春海さんをとても、好きだったんだな）

同じだけの熱量が返らないことに、怒りを覚えるほど。

そう考えてしまえば、遼一は彼女をどこかしら憎めないと思った。むしろ、春海を知らないままそちら側の事情だけ聞けば、どんなひどい夫なのだと憤ったかもしれない。

だが同時に春海は春海でつらかったことも理解できるから、なにを言っていいのかわからないのだ。

「指摘されてたしかに俺は、自分をひどい男だと思ったよ。けれど、どうしようもなかった」

春海自身、おのれの咎を重々理解しているのだろう。呻くような声は低く、茫洋《ぼうよう》と響く。

「准はかわいいと思うし、史恵にしても……一緒に暮らしてきたんだ。そういうのが、愛情だと思っていたんだけど、でも、そういうことじゃないって言われて」

「それは……」

なんとも答えようがなく、遼一は言葉を濁す。だが春海はそもそも、誰かの返事など求めていないように、うつろな声を吐くばかりだ。

「でも、抱いてやりたくても、できないんだ。どうしても、……なにをしようにも気持ちが、高ぶらない。責められてもしかたはないけれど、身体が……ままならないんだ」

吐き捨てるように、まるで独白するように告げる春海は、その長い指を強く組みあわせる。なにかをこらえるような、祈るような形のそれは、こめられた力を表して白く、震えていた。

「俺は……どこか、おかしいのかな」

「そんなことない！」

虚《うつ》ろな表情があまりに痛ましく、どこか危険なものを感じた遼一は、ぞっとしながらかぶりを振る。

「それに、なにが愛だとか、そんなのはっきりわかるほうが、めずらしいと思う」

「そう……なのかな」

「難しいよ。そんな……ドラマじゃあるまいし、愛してる、なんて、そう滅多に言うことじゃあ、ないし。それに、お互いの認識の違いもあるじゃないですか」

実際問題、リアルな恋愛において、愛しているのなんのという言葉を問いかけられることなど滅多にないだろう。それもこの、見場《みば》だけは華やかな美形だが、中身は案外実直そうな春海に求めること自体、間違っている気もする。

というよりも、遼一は羨《うらや》ましいのだろう。愛してよと、全身でまっすぐぶつかれるような強さも、自信もない。

愛などと、遼一自身、使ったこともあまりない言葉だ。かつて何人かの恋人はいたけれども、心からそんな告白をした相手もなく、そういうものを向けられたこともない。

「うん、難しい……難しかった。実際、よくわからないままで……でも、史恵はそうと思えなかったらしくて」

そして春海自身も、ずいぶんな懊悩《おうのう》を抱えたのだろう。重く歯切れの悪い言葉に、彼の苦しんだ時間を教えられ、遼一は力ない自分を歯がゆく思った。

「愛情っていうのは、そういう、思いやったり大事にしたりすることでも、あるじゃない？　そういう意味で、皆川さんは間違ってなかったと思うよ」

ひとそれぞれ、恋愛に対する熱量も違うだろう。史恵はきっと情熱的に愛されたいタイプだったのだろうけれど、春海の穏やかさを鑑《かんが》みると、単なる意識の齟齬《そご》と言えなくもない。

「あの、奥さんとはちょっと、すれ違っただけじゃ、ないのかな？　その、関係ない俺がこういうこと言うのもなんだけど……セックスレスの夫婦なんか、よく聞く話だしさ」

保育園帰りの奥様方のおかげで、夫婦関係の赤裸々な話はよく聞こえてくる。春海のケースほど顕著とは言えないものの、お互いの性生活へのテンションの不一致で気まずくなるのも、そうめずらしい話ではないらしい。

もう一度ゆっくり、落ち着いて話しあったらいいのではないか。できるだけ思いつめないようにと、慎重に言葉を選んで話していた遼一に、春海はかぶりを振った。

「それだけじゃ、ないんだ」

「それだけ……って？」

「なんか、疑ってた、って……」

「なにを？　あ……浮気、とか？」

まあ順当な疑いだと思う。だがその遼一の問いにも、春海はかぶりを振った。

ではいったいほかになにが。困惑しつつ遼一が目顔で問いかけると、春海はきつく眉をひそめ、言いづらそうにぼそりと呟く。

「あなたホモなんじゃないの、……って、言われてね」

「は⁉」

史恵に最後に吐き捨てられたという台詞《せりふ》には、遼一のほうが逆に驚き、青ざめてしまった。春海を打ちのめそうとしたのか、それとも本心から疑っていたのかはわからないが、いくらなんでも思考が飛びすぎるだろう。

「いや……そんな、極端な……」

引きあいに出されてしまう立場としては複雑なものを覚えてしまう。まさかと笑い飛ばすにもむずかしく、さりとてありえないと真っ向否定すればおのれ自身に言葉が跳ね返る。

「お、奥さんもきっと頭に血がのぼっちゃったんだよね」

眉根を寄せた遼一が、どうにか当たり障りのない言葉でなだめにかかると、しかし春海はその長い指を組んで、真剣な顔で言った。

「——否定、できなかったんだ」

「え……」

「もともと、若いころからどこか、おかしかったんだ。それなりに、その……女性ともつきあったけど、なんだかずっと、冷めていて……違和感、みたいなものがあって」

どうしても女性との性交渉に違和感が拭《ぬぐ》えず、准をもうけたあとにはいっさいそういう意味で史恵に触れたことがなかったという。それでも、他人より淡泊なのだろうと思っていたと、淡々と春海はうち明けながら、遼一に対しどこか気弱な視線を向けてくる。

続きを促すように無言で頷くと、その反応に力を得たように、春海は言葉を繋いだ。

「薄々、そうじゃないかって、……でも、そういう経験もないし、確証もなくて」

自分でもよくわからない、と頭を抱えた春海は、実際五年近くにわたるセックスレスの関係に、疑問を持ってはいたのだという。

(まあでもそれは、そうか)

うっかり失念していたがそもそも、春海はみずからこんな場所をうろついていたのだ。自身に疑いを持たなければ、ただの売り言葉に買い言葉で終わる程度の話だったはずだ。

それに気づいて、ますます遼一はなんとも言いようがなくなった。

「だったら、たしかめてみるしかないかって……もう俺に、なくすものなんか、ないし」

いっそ自棄《やけ》になってその手の店に行ってみればと、酒の勢いで訪れたのだそうだ。

（ありがちっちゃ、そうだけど……）

短絡的すぎるが、追いつめられた行動でもあったのだろう。いかにも初心者らしい思いこみだったが、遼一はそれを呆れつつも笑えない。

誰しも、ゲイであるというおのれに気づいた瞬間には、そのセクシュアリティを持てあまし、ひどく悩む。まして春海の年齢と状況においては、並の苦悶ではなかったろうと感じた。

「だけど思いついたものの、二丁目、ってよくわからなくて……いざ来てみてもなんだか、空気が重くて、怖くなったんだ」

みっともない話だけれどと言う春海に、あの界隈は危険なんですと遼一は真面目に諭した。

「あのへんは、その……コッチの奴でも相当やばいって、あんまり近寄るとこじゃないから。変だと思ったなら、それでいいんです」

むしろ、混乱していてもそうした危険性を判断できる状態でよかったと、遼一は胸を撫で下ろした。

「そんなに？」

「SMとか、ドラッグ系に興味あるんなら止めませんけど」

すっぱりと言えば、春海はいまさらの事実に青ざめる。

「そうか……じゃあ、遼一くんに止めてもらって、正解だったのかな」

知らなかったとはいえ、危ないことこのうえない。春海に鹿爪《しかつめ》らしく、もう二度と行かないようにと釘をさせば、存外素直に彼は頷いた。

「やっぱり、慣れないことはするもんじゃないね」

「そうですね。それに、やけくそ混じりの行動は結局、後悔しかありませんよ」

遼一の言葉に頷くその横顔に、さきほどまでの暗く思い詰めた影が薄れている。ようやく少しは落ち着いたようで、遼一もほっとした。

残りの酒を飲み干した春海は、力なく微笑んで問いかけてくる。

「俺は、ばかだよね。その程度のことも、うまくいなすことができなくて」

史恵に、適当に甘いことを言ってなだめてやればよかったのだろうか。それとも疑われたことを頭ごなしに否定してみせればよかったのか。

そのいずれもできずに、ばか正直に黙りこんで肯定したあげく、すべてが壊れてしまったと自嘲する春海に、遼一はせつなくなった。

「ばかだなんて思わないです。けど……」

考えるよりさきに口が開いた。一瞬だけ口ごもったのは、言っていいのかどうかいまさら迷ったせいで、けれど春海はかすかな酔いを滲ませた目でじっと見つめ、促してくる。

「けど？　いいよ、言ってしまって」

「——生意気なら、すみません。あなたはまじめで、不器用なひとだと、思います」

さきほど春海があげた対処は、おそらくは史恵の夫として、このさきの人生を添わせていくには必要な嘘であっただろう。だが、そのいずれの方法をとっても、春海は自分に嘘をつくどころか、おのれを否定する羽目になったのだ。

「皆川さんち、俺から見てると、すっごく幸せそうだった。……いつも土曜日には三人で一緒にいて、楽しそうに笑ってて」

これは本音だ。毎週土曜日に、仕事が休みだからといって保育園のお迎えまでつきあう旦那様は滅多にいない。漏れ聞いていた会話でも、春海は家のこともよくするようだったし、クールな史恵の多少きつい言動もすべて笑って受け流すだけの懐の深さは見て取れた。

「そういうふうな時間、ちゃんと続けたいって思ったのも、ほんとなんでしょ？」

とつとつとした遼一の言葉を、春海は静かにうつむいて聞いていた。しばらくの沈黙のあと、こくりと頷き「うん……」と呟いた姿は胸に痛くて、どうしていいのかわからなくなる。

だが、じっと見つめる遼一の前で、今度は春海は泣くことはなかった。目の縁《ふち》は赤くなっていたけれど、それでも静かに微笑んで、言った。

「ありがとう。少し……楽になった」

「なら、よかった」

まだつらそうではあるが、言葉のとおり力の抜けた微笑に遼一もほっとする。

「飲みますか？」

「ああ、……うん、ありがとう」

気づけば、気の回るマスターが既に新しいグラスを用意してくれて、さきほどのような勢いではなく、酒を味わうように唇を湿らせる春海を見守った。

形よい頭の乗った首筋はすらりと長く、こくりと上下する喉《のど》をじっと見つめる自分の瞳が少し潤むのを感じて遼一は羞じた。

（ばかだ、俺）

こんなに傷ついている春海を見て、あさましいことにときめいている。

どこか弱々しい風情は抱きしめてあげたいほど頼りなく、そのくせ疲れた男の色気を漂わせているからくらりとする。

目を伏せようかと思った瞬間、気づいた春海の視線と真正面から絡みあって、どちらともなく小さく息を呑んだ。

（あ……）

見つめあえば、もう逸らすこともできなくなる。なにか、不可思議な熱が胸の奥にわだかまって、動悸は早まった。

とっさに目を逸らすと、近い位置にある膝《ひざ》がぶつかった。さりげなく離そうと考え、どうやったらさりげなさを装えるのかわからないまま、ぎこちなく遼一は言葉をつなぐ。

「その。……准くん、のことは、どうするんですか？」

春海もなにを思うのか、触れた脚を動かそうともしない。硬い膝、スラックスに包まれたそこからじわりと体温が滲んできて、けれどぴったりと添うふたりの脚は、微動だにしない。

「できれば……引き取りたいけど」

何気ない会話をする中にも、お互いが相手の一挙手一投足を意識している。ひりひりとした気配は皮膚をさざめかせて、落ち着けというように遼一もまた、強い酒を呷《あお》った。

「史恵とはもうだめだろうし……協議離婚、になるんだろうね」

「そう……ですか」

唇の開閉する音さえも聞こえそうなほどに神経が高ぶっている。

もどかしい、不意にそんな単語が脳裏をよぎった。

ジンに痺れた舌先で唇を舐めると、視界の端で春海が身じろぐのがわかった。彼もまた、同じような惑いの中にいるとわけもなく感じて、頬が熱い。

（そんな目で……なんで、見るの）

じっと、春海の視線が追いかけているような気がして、自意識過剰だと内心嗤《わら》いながらも、隠しきれない期待に血が騒ぐ。

（まずい……かな）

どうしようか、と逡巡したのはほんの数秒のようにも、ひどく長いようにも感じられる。

焦るあまり杯を重ねて、よけいにまともな判断力が鈍るのを知った。

——薄々、そうじゃないかって、……でも、そういう経験もないし、確証もなくて。

困り果てたように告げた春海は結局、この夜に自分を見つけたのだろうか。同性を欲する性癖について、どんなふうに結論をつけたのだろう。

それともここでこうしているだけで、一時の気の迷いは終わり、ただ冷めた夫婦関係にピリオドを打ったただけだと、そう見極めてしまっただろうか。

そして、そんな話をなぜ、春海は自分にしたのだろう。

(決まってる。いままで誰にも言えなかった悩みを、行きずりに近い俺だからこそ愚痴として言えたただけだ)

(いや、もしかしたら本当に、そっちのひとで……俺に興味、持ってくれたのかも)

ぐるぐると、相反する考えが脳をまわっている。理性は前者の意見を強く推すけれど、遼一の心は都合のいい後者の言葉を信じたがる。

(これ、つけこんでいいのかな。ねえ?)

急に酔いが回った気がして、遼一はひっそりとした声を発する。

「……ねえ」

よせ、やめろと理性が咎める。だがそれを無視した遼一の唇からは、酩酊《めいてい》にあと押しされるままの言葉がつるりとこぼれ落ちていった。

「試したい？　まだ」

「え……」

チャンスかもしれない。けれど、この賭《かけ》を外したら、次には顔見知りですらいられなくなるだろう。

（でも、もういまさらだ……）

いずれにせよ、もう踏みこみすぎた。なにより遼一自身の性癖もばれてしまった。

もしも明日になり、頭の冷えた春海が今晩の行動を悔やみ、嫌悪することになれば、きっと目をあわせることもなくなるだろう。

（だったら、同じじゃないか？　このひとだってもう、なくすものなんかないって言った）

それは自分だって同じじゃないのか。それならばもう、いっそのこと――と考えたとたん、妙に大胆な気分になった。

「あの、だったら……」

遼一はアルコールと緊張に渇いた唇を舐める。そこに貼《は》りつくような春海の視線の意味だけを信じることにした。

「だったら、……俺で試してみるのは？」

軽く、冗談めかした声音を装いながら、実際には破裂しそうな心臓をこらえる。ゆるみかけていた春海の気配がまた緊張を覚えたのを知り、失敗しただろうかと思えば冷や汗が出た。

（だめ？　やっぱり違った？）

洒落だよとでも言って、撤回すべきだろうか。泳いだ視線をどこに定めていいのかわからないまま唇を噛んでいると、遼一の冷えかけた指先がふっと、あたたかいものに包まれる。

「……いいのかな」

ごく近くにあまりに真剣な春海の表情があった。その縋るようなまなざしに、どうしようもないほどの罪悪感を感じた。

（こんなに……つらそうなひとに、俺は）

彼が本当に思い詰めていることを知らされて、身勝手な欲望でそれを搦《から》めとろうとした自分に、たまらなく嫌気が差した。

それでも、ぎゅっと握りしめてくる指の震えを止めてあげたくて、遼一は無意識のままそっと、なだめるような微笑みを浮かべる。

「俺で……いいなら」

だいじょうぶだと告げるように、春海の手の甲へと自分のそれを、重ねた。

＊　＊　＊

ふたり連れだって『止まり木』を出たあと、ホテルへは遼一から誘った。

「ああ、わりとふつうの部屋なんだね」

「皆川さん、こういうとこ来たことない？」

「あまり……経験はないかな」

できるだけけばけばしくない、内装もふつうに見えるものを選んだのは、必要以上に春海を意識させないためだった。拍子抜けしたように呟く彼に笑ってみせつつ、そうだろうなと思う。

生い立ちとしてはあまり幸福な家庭ではなかったようだが、春海の全体の雰囲気は、育ちのいい鷹揚《おうよう》さが滲んでいる。少なくとも、金銭面で苦労したことはあまりないのだろうし、いまもそれは変わるまい。

となればこんな安っぽいホテルなどではなく、デートの際にはそれなりに金をかけたシティホテルでロマンチックな夜をすごし、もしくは自宅でゆっくりとした時間をもうけただろう。

ものめずらしそうにきょろりとあたりを見まわす春海に比べ、さりげなく、壁の清掃チェック表を確認してしまう自分が哀しい。これで数時間おきの清掃がなされているということは衛生面はOKということなのだ。そんなこと、春海はきっと知りもしない。

（ほんとに、俺とは違うひとだな）

片親の寂しさを知っているという点以外、本当に共通点もない。不倫じみた恋愛を繰り返してきた遼一は、大抵この手のホテルでのセックスしか知らない。それもブティックホテルと言えるものならまだマシなほうだ。衛生面さえ怪しいような場所で、することをするだけ、という逢瀬も少なくはなかった。

「どうってことないよ。ホテルの内装でセックスの内容が変わるわけじゃないからね」

「それは、まあ……」

あえてはすっぱに嗤い、遼一はさきに服を脱ぎだす。挑発的に春海の目を見たまま、見せつけるように服を脱ぐのは、震える指に気づかれないようにだ。

(萎《な》えられたら、へこむかもな……)

五年間ひと肌を知らずにいたという春海は、おのれの反応を不安がっているようだった。もしもこれでだめなら、本当にべつの理由を探さなければならない。逆にこれで反応してしまえば、いままで気づかずにいた性癖にも、真っ向から向きあわなければならなくなる。

(でも、もう、いまさらだ)

逡巡は手に取るようにわかったけれど、部屋に入ってしまえば開き直るほかにない。実際に男の身体を見て嫌悪感が湧《わ》けば、それまでだろうと告げ、遼一は潔く衣服を脱ぎ捨てた。

「ね。……見て、どう?」

これは遼一にとっても賭だった。ここでダメだと言われたら、お互いの疵《きず》は深くなるばかりだということもわかっていたから、ひどく緊張して、吐きそうな気分だった。

だから、呻くような春海の謝罪の言葉に、心臓が縮みあがったように痛くなった。

「ごめん……」

「なにが？　やっぱ、だめそう？」

やはり、なにかの勘違いだったのか。だがせめて、春海にこれ以上のショックを与えまいと微笑みを浮かべると、もう一度呻くように春海は「ごめん」と呟いた。

「恥ずかしい、こんな……」

「……あ」

細身だけれども引き締まった裸身をさらした遼一に、たまらなくなったように抱きしめてきたのは彼のほうだ。強く長い腕に抱かれてみると、裸のままの腰には彼の高ぶりが触れた。

（嬉しい……よかった。勃ってる）

ほっとしたあと、知らず喉が鳴る。安堵と興奮が同時に襲ってきて、無意識に嫣然《えんぜん》と微笑んだ遼一は、だいじょうぶだと囁く。

「恥ずかしくないよ。嬉しい」

「でも、俺は……」

どうすればいいのかわからないほどの情欲を持て余す春海は、どこか頼りない顔をして遼一を見つめていた。その途方にくれたような顔がかわいくて、今度は自然に笑いが浮かぶ。

「じゃあ、じっとしててね」

「え？　りょ、遼一くん？」

ネクタイをゆるめ、シャツをはだけた。覗く色濃い素肌は清潔で、かすかなアルコールの香りさえ甘い。うっとりと鎖骨に口づけ、広い胸板を撫でた遼一は、そこにある小さな突起をいたずらするようにつまんだ。

「ちょ、な、なに……」

びくりと反応したのは、感じたのではなく驚いたのだろう。様子うかがいをしていたけれど、このぶんならだいじょうぶかな、と遼一は思う。

「皆川さん、抱くのと抱かれるの、どっちがいい？」

「え……？」

「俺、どっちでもいいよ。……どっちが好き？　はじめてだと、アナルに挿入されるのはちょっと大変かもしれないけど、そこまでしなくたっていいし」

「りょ、遼一くん!?」

ストレートな質問に、春海は面食らったような顔をした。遼一とて、こんなことを好きな相手に訊きたいわけもないけれど、なにしろ初心者相手と寝るのは大変なのだ。

手順もなにもわからないから、基本ができてないまま突っこもうとする。逆に抱かれたいタイプならばそう攻撃的でもないが、その場合の問題は遼一もそっち側ということだ。

ただ、春海が抱いてほしいのならばたぶん、可能だと思う。むしろひっそりと高ぶりそうな自分をこらえるのが骨で、遼一は早口に言いつのった。

「あのね、まじめに訊いてるから。大事なことだから。……俺と、セックスしたいなら、どっちか決めて」

恥ずかしいなどと言っている場合ではないのだ。真剣に問いかけると、春海はしばし唸《うな》ったあとに、できれば、と小さな声で言った。

「きみを……抱いてみたい」

苦しそうな声に、ぞくっとする。ある意味では滑稽《こっけい》な状況であるにもかかわらず、真摯に答えてくれた春海に歓喜と感動がわき起こる。

「そういうときは、どうすれば……いいんだ？」

「わかった。そこに座って」

ベッドに腰を落とさせ、ベルトをはずす。唖然《あぜん》とした顔の春海に、即物的な自分を呆れられているような気もしたが、もうかまうものかと思った。

「うわ、すご……」

やさしく刺激しながらとりだしたそれは、数年間機能しなかったのがもったいないというようなものだった。思わず感心して呟くと、春海の腿《もも》がびくりと強ばる。

「やさしく、してあげるから」

怯えないで、と言いながらまず、数年ぶりに高ぶったのだと告げた彼のそれを指先に包む。

小さく呻いた顔を見たかったけれど、そこに少しでも嫌悪の色が浮かんでいれば耐えられないと、遼一はあえて顔をあげないままだった。

「う、わ……！」

「ん？　こういうの、嫌い？」

あっさりと唇に含んだ遼一に、ずいぶんと驚くのでいやかと問えば「されたことがない」と、春海は言った。そのことで、全裸のまま床にうずくまる遼一の腰がずきんと疼く。

(誰も、知らないんだ)

自分だけが、このひとにはじめてのなにかを与えられる。それが嬉しくて、最後にのこっていたためらいも吹っ飛んだ。

「いやじゃないなら、していいですか？」

なにを答えていいのかもわからないのだろう。戸惑った表情で曖昧にかぶりを振る春海が、いままででいちばん愛おしいと感じる。

「遼一、くん……っ」

ゆっくり指先でこすりあげると、すぐに濡れた。じっと顔をうかがいながら思わせぶりに唇を舐めると、春海が「助けてくれ」と小さく呻く。それを了承と受け取り、遼一は焦らすのをやめた。

「ん、じゃあ……気持ちよくなってね……」

「……っ！」

本格的にくわえると、口の中のそれがびくりと跳ねた。春海が怯えるように息を呑み、強ばる腿を撫でてやりながらねっとりと舌で撫でつくす。

誰にも覚えたことのないような庇護《ひご》欲に似たものがこみあげ、遼一の愛撫は知らず熱を帯びた。怖くないから。いいことしてあげるだけ。そう言い聞かせるようにやさしく、ときに大胆に春海のそれを高めていく。

「ちょ……もうっ……」

「出ちゃう？　いいよ、口に出して」

「そん、そんな、う……うわっ、……っ！」

やわらかく熱い舌、口腔の中で捏《こ》ねるようにされて、長いことその欲求を叶えられなかった春海の性器は、あっけないほどに爆発した。

「……んんっ、ん、ん」

濃く粘ついたそれを吸い出すように、喉を使う。どこか誇らしく思って飲み下せば、春海は肩で息をして、呆然と目を瞠っていた。

「よかった？」

「あ……ああ、でも、きみ、平気か？」

口淫《こういん》だけでもはじめてだというのに、精液を飲まれてどうしていいのかわからないらしい。

羞じ入ったように顔を歪めた彼が気にしないように、遼一はあえて軽い口調を装った。

「ん、おいしかった」

「お……」

絶句して顔を赤くした春海だったけれど、その露骨な言葉に手の中のそれが反応した。あらら、と遼一が目を丸くすると、春海は自分を羞じるように顔を歪める。

「ご、ごめん」

「なんで謝るの……？　いいよ、いっぱいしてあげる」

数年間の餓《かつ》えを満たしたいと訴えるそれに幾度も口づけながら、春海のうわずった声だけで感じ入る自分を遼一は知った。

「ねえ、すぐ、できる？　少し、休む？」

「それ……って。あの、な……なにしてるんだ？」

放埒《ほうらつ》を迎えてなお萎えないどころか、さらに膨れていくようなそれに舌をまといつかせながら、遼一は用意していたジェルで自分の身体を整えている。

「慣らしてる……女のひとでも、するでしょ？」

「な、慣らすって、だって」

ベッドサイドにひざまずき、細い腰を揺らしながらまるで、自慰をするかのように自分の指を体内に差し入れる。淫蕩にすぎるその姿に、春海はどう思うだろうと考えるよりも、また指先を押し返すほどになった彼の性器が答えをくれた。

「ゴム……つけるから、これ……お尻に、入れてもいい……？」

「りょ、遼一く……っ!?」

ストレートな台詞に面食らって、春海が慌てて起きあがる。はだけられたシャツの隙間、引き締まった腹筋が見えただけで脚が痺れて、熱っぽい吐息を零せばまた、春海が震える。

「……元気いい」

「くそ……もうっ」

「あっ」

からかうのではなく、うっとりと呟けば、頭上から長い腕が伸べられる。引きずりあげるように抱きこまれ、耳朶を囓って「頼む」と告げる押し殺した春海の声が、官能を刺激する。

「ごめん、もう……っ」

「あ、や……待って、まだっ……」

ようやく綻《ほころ》んだ場所を慣らしていた指を引き抜かれる。広い胸に覆い被さられて、驚くよりさきに熱く濡れたものが押し当てられた。

「ちょっと、待って！」

「う……っ」

無茶をするなと青ざめ、遼一は咄嗟《とっさ》に春海のそれを強く握りしめる。痛みに硬直した春海

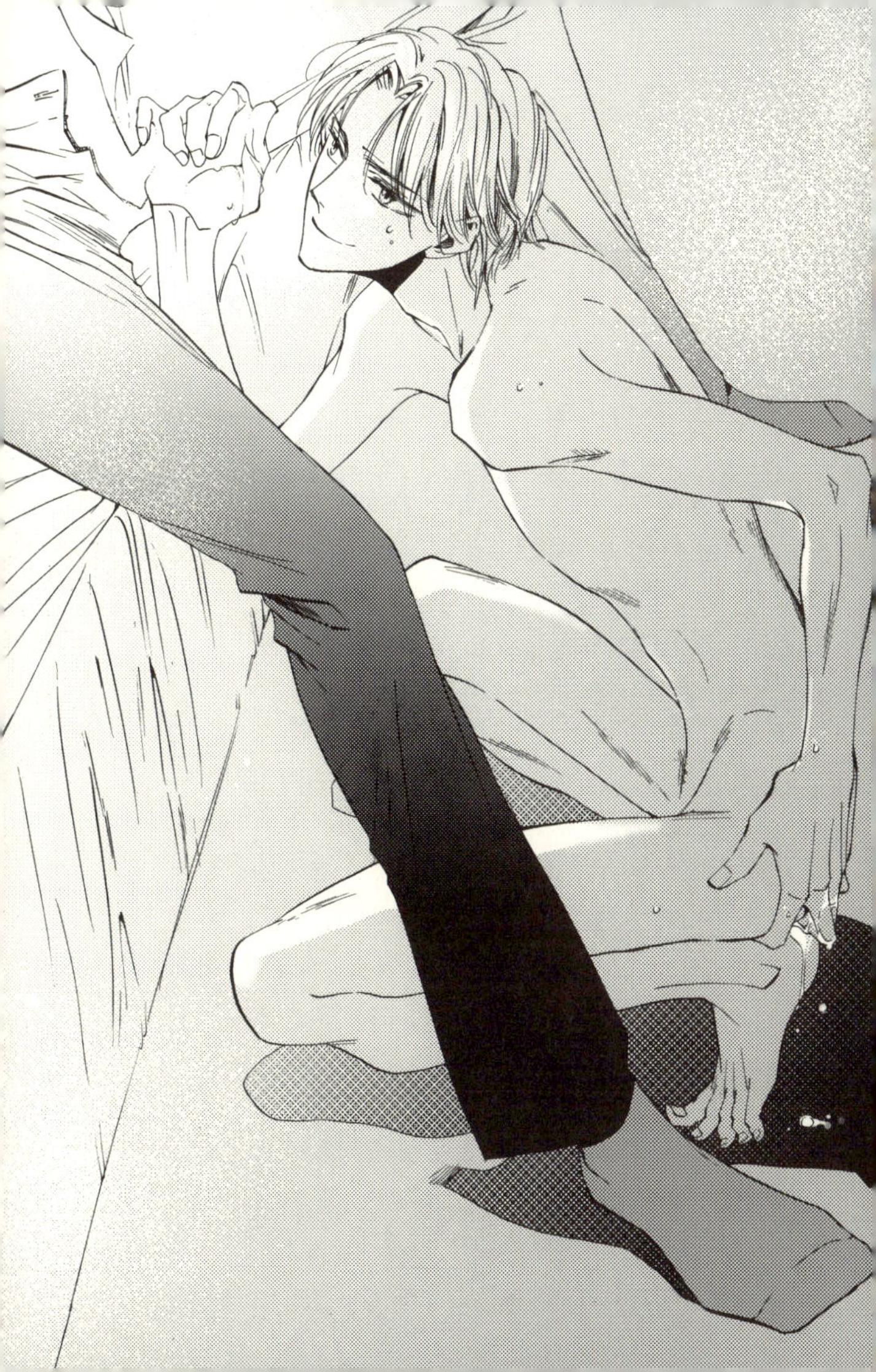

は可哀想だが、自分の身体も護らなければどうしようもない。

（やっぱ、こう来たか。予想はついてたけど）

遼一は内心ため息をついた。ノンケからの『転び』でタチ希望な連中は、トチ狂ったあげくに女性相手の手順さえ踏まず、強引にことを進めようとする者もいる。

ことに春海のように思いつめたあげくのタイプで――五年ぶりのセックスとなれば、がっつくのもわからなくはないけれど。

「焦らないでって、無理しても、入らないから……落ち着いて」

「す……すまない」

反対の手で頬を撫でながら、一瞬だけ痛みに萎えた、しかしもはや手のひらに持て余しそうな熱を指でなだめる。だが、胸を上下させるほどの切羽詰まり具合を知れば、やはり哀れに思えてしまった。

「しょうがないな。……ね、ほら、こうするから」

うしろを慣らしていたローションを取り、腿の間に垂らす。そうして、なにをするのだと顔をしかめていた春海のそれを、ねっとり濡れた脚で挟んだ。

「いいよ、動いて」

「どうして、きみ……」

次から次にこんな色技を見せる遼一に、さぞかし春海も呆れてはいるだろう。そう思いつつも、いまさらだと遼一が苦笑すると、春海は不思議そうに呟く。

「なんで、遼一くんの身体は……こんなに、気持ちいいんだ？」

「え……？」

「言い訳じみてるけど、俺は、ほんとに……十代のころでもこんなに、なったこと、ない」

困ったような顔で、どうしていいのかわからないと眉を下げる春海に、遼一は思わず笑ってしまう。

「俺の身体、気持ちいいの？」

「……うん」

問いかけると、まるで年下の青年のように素直に春海は頷いた。かわいいひと、と微笑んで、挟みこんだそれを脚で刺激してやる。

「う、あ」

「ほら……そっちも、動いて」

腰を揺すり、背中を撫でる。さきほどはただ驚くばかりだった胸への愛撫をもう一度試すと、春海はびくりと大柄な身体を震わせた。

「ごめん……もう」

「ん、いいよ……いって」

脚に挟まれたそれのつらさに苦しそうに呻いた春海はまた逐情して、熱いものが遼一の尻を濡らした。大きく息をついた彼が少し落ち着いたようだと見計らい、遼一はその手を自分の腰の奥へ導いた。

「指……いれてみて……？　こんなだよ？」

「狭い……」

そっと告げ、触れさせてその感触を教える。おずおずとした指先にくすぐられ、一瞬息があがりそうになったけれど、できるだけ煽らないように静かに言葉を紡いだ。

「ね？　……まだ、このおっきいのは、無理」

指先を締めつけると却って飢餓感は高まったようだけれど、二度の放出に、やや落ち着いたのか、無理を押すような真似はしなかった。

「本当に……入る？」

問う声に、ちゃんと慣れれば平気と答えながら、その幼いような戸惑う表情に思わず遼一は微笑んだ。

「いじってるうちに、やわらかく、なるから……待って？」

そうしたらもっと、うんと気持ちいいから。なだめるように背中を撫でると、さすがに気恥ずかしいのか、憮然《ぶぜん》とした春海がおかしくてかわいい。

「皆川さん、なんだか、子どもみたい」

「言うなよ。恥ずかしい」

「あはは、あ、んっ？」

からかうようにもう一度笑うと、唇を歪めた彼が不意打ちで口づけてきて、遼一は驚く。思わずびくりと顎を引いて、その反応の激しさにむしろ、春海のほうが驚いたようだった。

「あ……と、キスは、いけなかったのかな」

「う、……ううん、いいけど」

フェラチオまでした男の唇に口づけてくるとは思わなかったが、ずいぶんうぶな反応をしたのがひどく恥ずかしく、遼一はかすかに赤くなる。さきほどまでの余裕のポーズが崩れ、思わず目を逸らした遼一に、却って春海は落ち着いたようだった。

「……あっ」

「こう……で、いい？」

顔を背けたせいで晒《さら》された、遼一の細い首筋に唇を落とし、深く穿《うが》った指をそろりと動かしてくる。不意の動きにびくりと反応すると、丁寧にそこをこすられて焦った。

「え、す……するの？　俺、自分でするけど……」

「触りたい」

真剣に請われて、いやだと言えなかった。戸惑いつつも頷き、もう少し濡らしてくれと言うより早く、ローションを手にした春海が丹念にそこを濡らしてくる。

「あ、あ、……あっ」

「痛くはないの？」

「んん、あ、……あん、い……っ」

指遣いは細やかで、やさしかった。ゆるゆると周囲を撫で、探るように少しずつ拡《ひろ》げてくるその動きは、かなり好きな感じだった。

（やば……このひと、エッチのしかたも好みかも……ってか、勘がいいのかな）

女性のそことは違うだろうに、すぐに春海は遼一の好きな場所を探りあてた。

「あ、あ……そ、こ」

初心者に感じさせられるとは思わず、意外なぶんよけい乱れそうで、遼一は静かに背中をたわめる。しなやかな肢体が淫靡にしなるさまに、春海の喉が上下するのが嬉しかった。

（あ……どうしよう。あんなの、入れたら）

腿に触れる彼の性器が、また硬く張りつめている。唇でも手でもたしかめた質量を思い描くと背筋が痺れ、遼一のそこが春海の指をねっとりと締めつけた。

「あの……遼一くん」

もうつらい、と訴えてくる瞳が、欲情に濡れている。ぞくぞくと震え、小刻みに息を吐きながら、遼一はこくりと頷いた。

（どうしよう、俺、どうなっちゃうのかな）

余裕ぶって許してあげるふりをしているけれど、薄いゴムをつける春海の姿だけで、本当はどうにかなりそうだ。心臓が破れて壊れそうで、勝手に瞳が潤んでくる。

（だって、しちゃうんだ。このひとと、最後まで）

嬉しくて泣きそうだった。同時につけこんだ自分の汚さを羞じた。彼の奥方や、准に対しての罪悪感、こんなことが余呉にばれたら叱られることへの怯えも、すべて渾然《こんぜん》一体となって遼一の胸に迫り、感情はピークに達する。

それでも、このひとときを夢のようだとも思う自分をごまかせない。脚を開かされ、そこに押し当てられる高い熱。そこには遼一の、たしかに男でしかない性器があるのに、春海はおずおずと指を触れてくれた。

「触って、いいのか」

「いいよ……どこでも、好きにして……あっ」

おずおずとこすられて、腰が跳ねた。ごくりと息を呑んだのは同時で、お互いの目を見たあとにキスを交わしながら、なにかをたしかめるような春海の愛撫に、絡めた舌の隙間で嬌声が溶ける。

（いいひとだな。ちゃんと、感じさせてくれる）

急いてはいても、身勝手ではない。そんな春海に抱かれることのなにがいけないのか、もはや遼一にはわからなくなって、目を閉じる。

「入れても、いい？」

囁く声に、脳が溶けそうだ。頷いてそれでも、強引にはしないでくれとせがんだ。

「あ、ゆっくり……ね？　ゆっくり……して」

「気を、つける……っ」

馴染むまでは入れてはだめだという遼一の厳命を聞き入れ、春海は苦しそうに息を吐きながらゆらゆらと身体を揺らす。ねっとり濡れた粘膜同士がこすれて、期待感に逸《はや》る遼一の性器からもとろりとした雫が溢《あふ》れた。

（あ、はいっちゃう、かも……はいっちゃう）

くぷりとそこが開いた。そうして、慣れた身体がとろけきるのを見計らい、いいよ、と広い背中を撫でる。

「入れて……皆川さん……」

「ん、んん……」

ようやく遼一に許された春海が身体を進めてくると、圧迫感とその愉悦にくらりとした。

「う……あ、やだっ……すご、おっき、い……っ」

「ご、ごめん、遼一くん……」

思わず身体が逃げそうになる。だが、ごめんと言いながらその力強い腕で春海が押さえこんできて、震える尻の奥がどんどん、暴かれていく。

「もう止まらない……ごめん、入れさせて」

「あう、嘘、……いいっ、あっ、あああ、……あ！」

「んう、……く――っ！」

みっしりと塞がれて、その熱さと脈動を知った瞬間には極めてしまって、瞬間引き絞られた狭い粘膜に引きずられるように、春海もまた放出する。

(うそだろ……いっちゃった……)

挿入だけでここまで感じたことなどない。愕然としたまま遼一が浅い息をこぼしていると、頭上から苦い声が降ってくる。

「ごめん、早かった、また……」

「い……い、から……っ」

そこでようやく、春海の顔にひどい汗が浮いていることに気づいた。何度も射精させられて、少し苦しそうで――そのくせ、遼一の中にいる彼はまだ、ひくひくと震えて硬い。

(もっと……したいのかな？　俺の中でこのひと、感じてくれたのかな)

本当に、と問うように目をあげると、狂おしいような目で見つめる春海がいた。

終わりきれないのは、見交わしたお互いの瞳が熱に潤んでいることで理解する。

もっと、と声もないまま唇が動いた。そのあとは言葉もないまま唇を吸いあって、舌を絡めながら、自然に揺れる腰で相手の熱を貪《むさぼ》りあった。

「あ、あ、……春海さん、春海さ……んっ」

気づけば、心の中で勝手に呼んでいた名前が口をついて出た。春海はそれを咎めず、喘ぐように呼ぶたびに口づけてくれた。

凄《すさ》まじいような快感があとからあとから湧き起こる。きりもなく肌を吸って脚を絡め、淫らな時間を共有したふたりは、この一晩で終わることにはできないと、言葉なく悟っていた。

＊　＊　＊

春海の離婚が成立したのは、それから二ヶ月も経《た》たないころだった。

遼一とのことでなにかが吹っ切れたのか、状況を受け入れた春海は、まず史恵と准との今後についてを取り決めたらしかった。

へたをすれば泥沼になるかと思われたのだが、離婚は裁判に持ちこむまでもなく、あっさりと決着がついた。

離婚した夫婦の間では通常、幼い子どもは母親のもとに引き取られるのが定番だが、准の親権は春海のほうに委《ゆだ》ねられた。

というのも史恵には、三年前からつきあっていた年下の彼氏がいたのだ。しかも離婚に至った経緯が彼女からの一方的かつ唐突な三行半、その上現在は年下の恋人と同棲しているという状況では、さすがに史恵の分《ぶ》が悪い。

准を連れて帰ったのは実家かとてっきり思いこんでいた春海も、子どもごとその彼の家に転がりこんだと言われては、さすがに複雑な顔をしていた。

「それでも、相手の彼が准を大事にしてくれるのならいいが……」

史恵の相手は、成人しているとはいえまだ大学生だったのだ。真剣な交際ではあるらしいのだが、さすがに准を預けるには頼りなさすぎると春海は苦笑する。

「まあ、彼女の選んだ相手だから、なにを言う権利もないけれど……さすがに、養育費だけでなく、彼氏の学費まで史恵が出そうというのではね」

いい悪いの問題ではなく、無理がありすぎる。ため息をついた春海には、さすがに遼一もなにを言っていいのかわからず、そうですかと言うほか言葉が見つからなかった。

「それに……准も、俺のほうがいいと言ってくれたしね」

「そう。それは、ほんとによかった」

声をひそめたまま話すのは、午後をすぎて人気《ひとけ》のない『ボガード』の片隅。ご機嫌でホットケーキをぱくつく准は、余呉が面倒を見てくれている。

離婚が正式に決定して以来、春海は土曜だけではなく、毎日迎えに来るようになった。むろん帰宅時間は六時をまわるけれども、それは園のほうに延長保育を頼みこみ、定時をすぎたあとにはすべて、仕事は自宅に持ち帰りにしているらしい。

母親のいないぶんまでもと、以前よりなお、かまいつけてくれるようになった父親に、准はむしろご満悦のようだった。一時的に暗い顔をしていたのも、父母がばらばらになるからというよりも、父親のもとを離れて連れていかれるという危惧《きぐ》があったためらしい。

「准くん、うまいか？」

「うんっ。おじちゃんのホットケーキ、おいしいね！　ままのはね、べちょーっとしてて、中がねとねとでおいしくないんだっ」

残酷にも正直なコメントを発した准に、遼一は失笑を浮かべるしかない。

「ぱぱのほうがね、じょーずなの。それに、ままは、ぼくよりお仕事が好きみたい。だから、いーの」

けろんと言う准の言葉に、余呉は自分のほうが泣きそうな顔をする。だが准自身は、母の不在についてはさほど気にしてもいないらしく、こまっしゃくれたことを言った。

「シンジおにーちゃんもねえ、仕事の次なんだって。ままはぜーんぶお仕事の次で、ぱぱのこともほんとはそーなんだって。でも、ぱぱが『つねない』から、ぷんぷんなんだって」

「つねない？　つね……ああ、つ『れ』ない、か」

意味不明のそれに遼一は首を傾げ、春海はコーヒーを喉につまらせ小さく咳《せ》きこむ。余呉はぶはっと噴きだした。

「わはは、そうなのか？　ぷんぷんなのか」

「うん。シンジにーちゃんはもっとままといちゃいちゃしたいんだってー。でもしてくんないんだってー。ままは『忙しいのびょーき』なんだって言ってたのー」

シンジとやらが史恵の彼氏なのだろうか。どうやらワーカホリックである恋人を嘆き、その息子に愚痴ってでもいたらしい。漏れ聞こえる、幼児だからこそのストレートで遠慮のないそれに、さすがに春海は「こら」と声をあげる。

「准、そういうことを言うなと言っただろう！」

「えー、なんでー？」

ぷう、と頬を膨らませる顔はかわいらしいが、少々しつけが必要なようだ。余呉は笑うばかりで役に立たず、声をやわらげて、遼一は静かに告げる。

「准くん、おうちのことは、お外で言っちゃいけないことなんだよ」

「なんでーなんでー？　准、うそついてないもん！」

じたばたと椅子の上で脚を振りだした准に「めっ」と怖い顔を向けた春海の態度に、准はさらに「やーだー」と騒ぎ、父親は、深々とため息をつく。

だが、そこできつく言うばかりでもまずいだろうと、遼一は春海が声を荒らげる前にと席を立つ。

「待って、春海さん」

「遼一？」

そして、准の前にしゃがみこむと、できるだけ平易な言葉で語り出した。

「本当のことでも、いけないの。きみのパパやママはそういうの、恥ずかしいと思うよ？」

「そうなの？　恥ずかしいの？　なんで？」

困ったなあ、と思いながら首を傾げ、ええとね、と遼一は言葉を探した。そして、よく見かける保育士さんらの口調を思い出し、どうにか言葉を思いつく。

「たとえば、准くんは、保育園に行ったとき。寝癖ついてたらどう？」

「かっちょわるいっ」

「そうだねえ。それは、おねんねしてたまんま、おんもに出ちゃったからだよね」

んっと頷く准は、とりあえず身だしなみに気を配る性格のようだ。これが通じてよかったとほっとしつつ、さらにたしなめた。

「そういうふうにね、おうちのことは、ちょっとお外で見せるのは恥ずかしいこともあるんだ。だから、シンジにーちゃんの言うこととか、ママのホットケーキのことは、遼くんと『しー』の約束しようか」

「しーなの？　りょーくんと、しー？」

「そう。しー」

指を立てて唇の前に持ってくると、しぃー、と繰り返して准はくすくす笑い出す。げんまん、と小さな指を結んで約束したあと、余呉に「アイス出してあげて」とお願いして、遼一は席に戻った。

「うまいもんだね」

「あはは。お隣の保育園にコーヒーデリバリーするんですよ。保母さんたちの真似してみただけ」

プロの仕事に感服した、そのときの記憶を辿《たど》っただけのことだ。

彼らは魔法のように、賑《にぎ》やかな子どもたちを束ねてしまう。できるだけ簡単な言葉で語りつつ、あざやかに言うことをきかせてみせる。

それには、モノやお菓子でつったり闇雲に叱ったりしてもまずいのだと、ある保育士が言っていた。

「結局は理詰めがいちばん効くみたいですよ」

子どもは交換条件を出す大人に対して、猜疑《さいぎ》心を持つし同時になめてくるのだ。多少だだをこねても、結局は正論にまさるものはないというその保育士の持論に、遼一も感心したのだが、「なるほど」と頷いた春海も同意ではあったようだ。

「とは言うけれど、史恵もあのやんちゃぶりに手を焼いたようだったからね。すごいな」

「そうなんですか？」

しみじみとした声にどう相槌を打っていいのかわからず、遼一は曖昧に首を傾げる。

「まあ、彼女はもともと家に入るのも、准が乳離れするまでにしてくれとは言っていたしね」

華やかにうつくしい史恵は自分でブティックを経営するような才女で、たしかに素敵な女性であったけれど、母親としてはいささか難しい――というより適性がないと、自身で悟っていた面もあったらしい。

「家事も、そう得手ではなかったからね。……生焼けのホットケーキを焼くくらいには」

「はは……」

愚痴を言うでもなく、ただ淡々と打ち明ける春海に、遼一は少しだけほっとしながら頷いた。茶化してみせるようなことが言えるのも、少しは吹っ切れたからなのだろうか。

「彼女は、もっとばりばり働きたかったらしいよ、ずっと。でも俺は家にいてほしかったんだ。……そこから、俺たちはたぶん、行き違っていたんだろう。いままでは、勝手な理想をお互い押しつけてたんだと、そう思うよ」

「そうですか……」

静かに語る春海の目は、ずいぶんと落ち着いている。よかったですねと微笑みかけて、遼一はかすかに痛む胸をこらえた。

(まあ、これでよかったんだよね)

離婚が本格的に決定してからは、すでに二週間。准も父親とふたりだけの生活に、すぐに慣れたようだった。

つまりはあの間違いのような夜から、二ヶ月以上がすぎている。

あの翌日、ひどい後悔に嘖《さいな》まれつつ店に出勤した遼一のもとに、彼はちゃんと顔を出してくれた。そして、予想して怯えたような嫌悪も、うしろめたさもなにもないまま、少しはにかんだように——いつものように、微笑んでくれた。

そして、行きがかり上迷惑をかけた遼一に、ことの経緯を話すと言ってくれて、店に通ってまで、きちんと詳しく事情を説明してくれている。

(充分すぎる)

こっそりと好きだった男と、寝ることができた。それどころか、以前には考えられないほどに親しくもなれた。

これ以上を望むなんて贅沢だとそう思いながらも、さきほどから膝に触れる、春海の脚を意識している。

「……次の、面会は、また?」

「ああ、水曜日だ」

毎月の第二、第四水曜日から翌日の木曜日までは、准は史恵のもとで過ごすのが、離婚を切り出した史恵の唯一の条件だった。

五年にわたって夫婦生活がなかった末のこととはいえ、男を作って一方的に出ていったという状況から言えば、史恵のほうがかなり不利だった。むろん養育費の一部は負担させ、場合によれば、その面会も拒否できると相談した弁護士にも言われたらしいが、それでも子どもには会いたいと言う彼女の願いを、春海は断れなかったらしい。

そしてその約束の日は、遼一と春海にとっても、ある大きな意味を持った。

「また、時間……空いてる？」

ひっそりと、これだけは余呉にも聞こえないようひそめられた春海の声に、ずきりと全身が痛くなる。

「平気。休みだから」

吐息のたっぷり含まれた低い声は、いまではそのまま遼一の性感を揺さぶる響きになった。だから答える声も、潤んだようなものに変わり、それを羞じて遼一は目を伏せる。

「じゃあ、また、あの場所で」

「はい」

こくりと頷き、それでも顔をあげないでいると、そろりと、テーブルの上で指が伸ばされた。素知らぬ顔で、遼一の手の甲を春海の長い指がとんとんと叩き、すぐに離れる。身震いしそうなそれをこらえると、耳のうしろが熱い。

「准、帰るよ。余呉さん、ごちそうさまでした」

「いいえ。またいらしてくださいね。准くん、ばいばいなー」

「おじちゃん、ばいばーい。りょーくんもばいばーい」

カウベルを鳴らして去っていく親子に、遼一は薄い笑みだけを浮かべて手を振った。一瞬だけ振り向いた春海の細めた目に、本当は泣いてしまいそうな顔をこらえて笑ってみせる。

「まあしかし、聞くだに逞しい奥さんだよなあ。男も仕事も一挙両得ってか」

事情を知らない余呉は、感心したような呆れたような声で、小耳に挟んだ史恵のことを語る。しかし、遼一自身はさらなる事情を知るだけに、史恵を責めることなど、ほんの些細《ささい》なことでさえできない。

「いろいろ、あるんでしょ。そういうこと言うの、悪いですよ」

口にしたそれが偽善めいていて、自分でもいやになった。ひと知れず、それも淫らな手管《てくだ》で不安顔の彼を慰めている自分を思えば、なおのことだ。

「おまえが皆川さんに肩入れすんのも、まあわからんじゃあないが」

そんな遼一をじっと眺めた余呉は、丸いレンズ越しの瞳を鋭くする。

「遼一、おまえ、寝ただろ」

ぎくっと身体を強ばらせたのは、驚いたからではない。この余呉相手に、いつまでもごまかしきれると思ってもいなかった。

「ばれちゃった？」

「ごまかす気もねえくせに、そういうことを言うな。ばか。だいたいなんだ、春海さんとか遼一ーとか。そんなんじゃもろばれだっちゅうの」

いままでろくに親しくもなかった春海があああまで足繁く通い、細かい事情までを遼一に打ち明けているとなれば、おかしく思わないわけがない。

なにより、遼一の恋心などとうに余呉にはお見通しだ。あげくに春海の態度もあきらかに違う。そんなあれこれで、ふつうの客ならともかく、遼一をよく知る余呉には彼との関係が深まったことなど、ばれて当然でもあった。

「まあ、こうなっちゃったからには俺も、口は出さんけど。……泣かないようにしろよ」

「平気、だよ」

「ちゃんとつきあってんなら、べつにいいんだけどさ」

口を出さないと言うくせに、余呉はじろりと睨んでくる。曖昧に微笑んだ遼一の表情に答えを知って、ぽかりと軽く拳《こぶし》で殴った。

「結局またそれか、おまえは。なんでそう見こみのない相手に、ほいほい身体だけ差し出すんだ」

「口、出さないんでしょ」

「出してねえよ。手を出した」

屁理屈だよと反論しながら、いっそもっと殴って咎めてくれと、叫びそうになる。だがその甘えはあんまりなので、遼一はただかぶりを振るしかない。

「ばかたれが」

「知ってる」

泣き笑いのような顔で、ほんとにばかだと遼一は呟いた。

「……ねえ、店長。好きな男に尽くしたいのって、ばかみたい？」

「なんだよ尽くすって。演歌じゃあるまいし。俺は好きじゃねえ」

でもばかとは言わないと呟き、余呉は遼一の頭を叩くのではなく、くしゃくしゃと髪をかき混ぜるように撫でてきた。

「好きじゃねえけど、勝手にしな」

「うん……」

ごめん、と謝ると、謝るようなことをしたのかと厳しい声で余呉が言った。だから黙ってかぶりを振ると、それでいいんじゃねえのかと、達観したようなことを告げられた。

「ただおまえ、ちゃんと惚れたって、言ってあんのか」

「ううん」

「なんでだよ」

なぜ、と余呉はもう答えはわかっている顔で、けれど遼一の心をほどくためだけに、問いかけてくれた。こういう店長のもとで働けるだけでも、自分は幸せだなあと思ったら、不意に涙が出た。

「だってさあ、最初に、……ごめんって、すまないって、俺、言われちゃったから」

「そうか」

「そんなんさあ、言いようないじゃん？　ねえ」

乾いた笑いを浮かべて、そうだろうと問いかけても余呉は答えなかった。沈黙に、むしろ責められている気がして、遼一はそのいびつな笑いをやめる。

（ほんとに、ばかだなあ。俺）

いま余呉に告げたとおり、春海と寝たのは、結局あの一度きりではすまなかった。

むろんきちんとつきあうだとか、お互いに好意を伝えたわけでもない。春海はなりゆきでずるずると、遼一は彼の弱さにつけこんで、肌を重ねているだけのことだった。


離婚が成立し、准を正式に家に連れ戻したのち、春海はいったんは落ち着いたようにも思えた。だがそれは、あくまで表面上のことだった。

やはり春海にとってはいろいろ重たい話しあいもあったのだろう。ときおりには気の晴れないような表情をしていて、遼一はやるせなかった。母親のいないことを幼いなりに理解し、順応していった准に比べて、彼のほうがしばらくは、鬱屈を引きずっているように思えた。

もっともそれがひどくなるのは、毎月の母子面会の日だった。

役職づきの春海は本来、私用のために有休を使えるような余裕はない。実際はじめの数回は仕事の途中で史恵に子どもを預け、そのあとで会社にとって返したようだった。

しかし、月に二度のこととはいえ別れた妻に会い、そしてかわいい盛りの子どもが久しぶりの母親に嬉しそうになつく様を見せつけられたあと、ひと一倍子煩悩な春海は、ひとり懊悩していたようだった。

最初のうちは、春海はそれを誰に言うつもりもなかったようだ。だが、自身が思うよりもずっと、春海は煮つまっていたのだろうと思う。

あれは准が史恵のもとに泊まりに行った、二度目の水曜の夜。

定休日の店に忘れ物をしたことに気づいた遼一は、余呉に鍵を借りて店を訪れた。そこで、真っ暗な店の前にぼんやりと立ち竦《すく》む春海を見つけたのだ。

――どうしたの、春海さん。

ひどい雨の降った日で、人通りもほとんどない。時刻は夕刻をすぎていて、スーツの肩は濡れそぼっていた。店が閉まっているのもわかっているだろうに、春海はぼんやりとした顔のままでいて、それがあの新宿の街で見つけたときと同じ表情をしていると気づき、遼一は血の気が引いた。

――とにかく入って、すぐあったかいもの用意するから。

いったいなにがあったのかと慌てつつ、青ざめた顔の彼にタオルを渡し、コーヒーを勧めた。しばし無言のままになっていた春海は、すまないと呟いた。

――なんだか、ひどくつらくなって、……気がついたらここにいた。俺は遼一くんに、迷惑ばかりかけてる。

そんなことは言わなくてもいい、と遼一はかぶりを振った。そしておそらく春海は、ほかに弱音をこぼせる相手がいないのだろうとも感じた。

——ひとりに、なりたくない。

言葉すら交わしたことのないころから焦がれた相手にそう呟かれて、助けてくれと言うように抱きしめられて、逆らえるほど遼一は強くないし、苦しそうな春海を放っておけるはずもなかった。

——ちゃんと、お風呂に入れるとこ、行きましょうか。

簡単に服を拭ったあとに、タクシーを拾ってホテルに行った。

本当は自宅に招きたいところだけれど、遼一の部屋は余呉の住まいからほど近い。こんな春海を誰にも見せたくはなくて、沈みきっている彼をじっと抱きしめるようにしてホテルの部屋に連れこみ、肌の熱で冷えた身体をあたためた。

——水曜なら、どうせ空いてるから。

どうしようもなく疲れてひと恋しいとき、誰でもいいから側《そば》にいて欲しい衝動をこらえきれないことはあるだろう。そういう痛みを知っている遼一は、だから傷ついた顔を無防備にさらした男に、慰めを与えてやりたかった。

——気兼ねしなくていいよ。俺なら……いつでも、呼び出してください。

微笑みかけると、春海は歪んだ顔を遼一の胸に押しつけて、無言だった。なにか苦い、後悔のようなものが端整な顔に滲んだ気がしたが、それを見ないふりでいようと思った。

だが、そうさせてくれなかったのは春海のほうだった。

——すまない。

かすれきった声で小さく呟かれた瞬間には、遼一は息が止まりそうになりながら彼の髪を撫でた。

——だいじょうぶ、なにも、気にしないで。

春海になにか見返りを求めてやさしくしたいわけではなかったし、それでもかまわなかった。けれども、謝られてしまったことにより、一瞬でひどく傷ついた自分を知って逆に、驚いた。

(そうか。俺、謝られちゃったんだ……)

謝るようなことをしているのだと、春海がこの関係をそう位置づけたのだと思えば、さすがにやるせない気がした。

またなんの期待もするなと先んじられたような気もして、それは穿ちすぎだと、暗く淀《よど》んでいく気持ちを自戒する。

——俺のことはいいから……楽になって。

そしてそのいずれも口にできないまま、春海の髪を撫でながら、遼一は溢れてきそうな涙をじっと、こらえた。

疲れた顔をする春海へと笑みかけたあの瞬間に、淫靡な習慣は決定してしまったようなものだ。それがもしも、春海がなんのわだかまりもなく遼一を求めてくれたことであれば、こんなにも苦しくはなかっただろう。

面会の日が奇《く》しくもボガードの定休日だったことも、皮肉な巡り合わせとも言えた。だがそれでいいと割り切ったのも自分だ。ただ、都合のいい存在になれればそれでいいと。

「ま、いいんだよ。そのうちさ、あのひとが落ち着いてくれれば」

余呉は「そうか」と言ってコーヒーを淹れ、差し出してくる。半分以上ミルクの、甘ったるくぬるいカフェオレ。子ども扱いだと笑って、遼一はそれを啜《すす》りながら、平坦な声で呟く。

「それにさあ。のっけでお試しでエッチする？　とか訊いちゃって、俺ほんと、すんげえ尻軽みたっ……みたいなことしちゃって、いっぱい……もう、すごいのやっちゃった」

「そうか」

「俺ぜったい軽蔑されてるよ。……どんなやつだって思われてるよ」

声が喉に絡んだのは、カフェオレが甘すぎるせいだ。けっして、喉の奥に哀しさがつまっているせいじゃない。そう思いながら指先が震えて、いつの間にかほろほろと遼一は泣いていた。

「それでどの面下げてさあ、いまさら、ずっと好きだったとか、言えんの……っ？」

なにを言おうと余呉は「そうか」しか言わなかった。聞いてさえいなかったのかもしれない。それでもかまわないからと、遼一はべそをかいて愚痴を言い続けた。

「春海さんさあ、すっごいへこんでんだし。可哀想なの、俺じゃないもん。史恵さんで、准くんで……春海さんだもん」

俺は結局他人だから。言いながらほとほとと落ちる涙がどこに行くのかと、遼一はうつむいたまま、ぼんやりと笑う。

「俺はおまえを、可哀想とは思わないからな」

「うんっ……」

けれど余呉が、もう一度「ばかたれ」と言って頭を叩くから、もう目を開けていることもできなくなってしまった。

「大人なんだから、自分のケツは自分で拭きな。みすみす傷ついたのは、おまえが悪い」

もう一度うんと頷いた遼一を、そんな言いざまで余呉は許した。

厳しい店長の言葉に、それでもどこかで、遼一は救われていた。

＊　＊　＊

季節はゆっくりと移り変わり、身を切られるようだった冬も終わりに近づいた。

春海と遼一があの夜の街で出会ってから、そろそろ一年が経とうとしている。

習慣じみた毎日が繰り返されていく。それでも、なんの変化もないわけではなかった。

なかでも、もっとも変わったのは春海の態度だろう。目に見えて落ち着き、一時期はひどく硬かった表情も、離婚のごたごたが起きる以前と変わらないほどには穏やかになった。

史恵の去ったショックも、同性との恋愛嗜好に関しても、基本がポジティブで割り切りの早い春海は前向きに受け入れたようだった。それは本当によかったと思っていた。

ときおり話題に出てくることで知れたが、史恵ともいまでは冷静に話せるまでになり、だいぶ落ち着いた関係になってきているようだった。

いずれにせよ、准という大事な共通の宝を持つ彼らの間には、一種他人には入りこめないものがあるのだろう。進学の件やなにかで話しあうことは必要で、それでもまだ顔を合わせるのは気まずいと、できる限りメールと電話で済ませているのだと春海は言っていた。

「あちらも最近は、彼氏とうまくやってるみたいだけれどね。誤解されたくないから、面会日以外は会いたくないと言われたよ」

笑う春海にはなんの屈託もない。遼一はそれに対し、よかったですねと相槌を打ちながら、本当は複雑な自分の気持ちを押し隠すので精一杯だ。

そして——月に二度と決めた水曜日の逢瀬は、あのままずるずると続いていた。

余呉は、口を出さないと言ったとおり、黙認でとおすつもりらしかった。春海に対してもいままでとまったく態度を変えず、遼一に対してなにかを言うこともない。

水曜の約束を確認した日——大抵それは前日で、帰り際にそっと耳打ちをする春海の姿を見たあとだけは、これ見よがしにため息をついてみせる程度だ。

そして遼一は相変わらず、ぐらぐらする気持ちを必死にこらえて、日々を送っている。

春海は、やさしい。かつてつきあった男たちのように、我が物顔で振る舞ったりすることもないし、変に臆病になってひと目を気にすることもなく、店内ではふつうの話もしてくれる。

だがそれは、遼一に対しての温度が低いからこその冷静さではないかと思えてならない。セックスの相性は、かなりいい。時間のない中でめいっぱいに遼一を抱いて、気持ちよくしてくれる春海に、なんの不満もない。

けれどその甘さを味わえるのは、月にたったの二度だけのことだ。それ以外の日には、店の店員と客として、素知らぬ顔で世間話をし、たまに准の育児相談に乗る、奇妙なつきあい。期待を持っていいのか、あきらめていいのか、日が経つごとにわからなくなる。

（……俺って、なんなんだろう？）

セックスフレンド、それとも愛人だろうか。いずれにしろ不安定な関係を結んでしまったものだと、遼一は自嘲する。

愛人とも言いきれまい。二週間に一度抱かれるだけの男は、平日にはただ常連の店の店員で、それ以外の繋がりなどなにもない。

春海さえ望めば、そのほかの日にも相手をすることもできたけれど、忙しい彼は毎月の面会日を確保するのがせいぜいだと知っている。というよりも、准の送り迎えに残業時間を削られるぶん、多忙さは増しているようで、月の二日以外はほぼ休みもない状態だと聞いていた。

そんな春海から、ほかの日に誘われるはずがない。まして遼一のほうから、会いたいと告げる理由がない。少なくとも、春海はそう思っているはずだ。

（邪魔になりたくない。鬱陶《うっとう》しいと思われたくないし、べつにこのままでかまわない）

確証のない関係はいずれ破綻する。いずれ春海が飽きるまでは、なんらアクションを起こしたりしない。

（寂しいひとだから、准くんの代わりに、俺は慰めてあげるだけ。きっといつか、いらなくなる日はくるはずだ）

なにを求めるわけにもいかない。一番はじめに謝られてしまった以上、身動きも取れない、好きだとも言えない。

そんなふうに遼一は、はじめから諦めていた。

けれど自分が本当は、この不安定な関係が壊れて欲しいわけではないということも、むろん知っていた。

ただ、どうしていいのかわからないまま、誘われて拒めず。毎日ボガードに通ってきた春海と准と世間話をし、たまにセックスをするだけの曖昧な関係は、表面上は穏やかに、遼一の内心では薄氷を踏むかのような思いで継続していた。

だが――できるならば一日でも先延ばしにしたかった、終わりに向けての最後通牒《つうちょう》を差し出したのは、ある日曜日に、街で見かけた光景だった。


その日の遼一は、店で使うスコーン用のクロテッドクリームを買いつけに、銀座の有名ショップを訪れていた。ふだんは業者から直接買いつけるのだが、予定の配送日を前に、数日分だけが足りなくなってしまったのだ。

「っとに。余呉さんがどんぶりだから、こんなことになるんだよ……」

ついでに伊東屋に足を延ばして店内ディスプレイ用の小物を見てまわり、DMに使えそうなものをいくつかチョイスする。余呉はそのあたりが非常におおざっぱなので、任せておくと果てしなく適当なもので済ませてしまうのだ。

「さて、こんなもんかな……」

数日分とはいえ、クリームのケースに紙類の入った袋を下げていると、かなりずっしりとした重量感がある。これは地下鉄で帰るのは難儀かとも思ったが、さりとてタクシーを使うほどの余裕はなく、余呉もむろん経費など出してくれない。

歩行者天国で規制のかけられた道路には、休憩用のパラソルとテーブルがいくつも点在している。いずれかの席で少し休みながら行くか、とため息をついて歩き出した遼一は、その向かいにある銀座松屋の方面から歩いてくる、見覚えのある姿を見つけ、立ち止まった。

（あ……）

颯爽としたスーツ姿のその男性は、春海だった。ひとでにぎわう銀座の街の中でも、長身の春海の姿はひときわ涼しげに映る。ゆったりと歩いているように見えるのに、長い脚のせいか歩みは早い。

（うわ、ばかじゃないの俺）

そのすっきりとした姿にぼんやり見惚れ、気づくと遼一は赤面したまま立ちつくしていた。道の真ん中で呆《ほう》ける自分に気づき、慌てて手近なパラソルに駆け寄って、いかにもひと休みしていますというポーズを取る。

春海はこちらには気づかず、似たような傘の下で誰かを待つように視線をめぐらせている。いっそ声をかけてしまおうかと迷いつつ、きれいな立ち姿をもう少し見ていたくて遼一が目を凝らした、そのときだった。

「ぱーぱ！　らんどせるっ」

「おう、准。買ってもらってきたか」

「うんっ」

その光景を見た瞬間、遼一は胸が張り裂けたような痛みに襲われた。

（……うそ）

首にカラフルなマフラーを巻き、大きな紙袋を両腕に抱えてにこにこと嬉しそうに走ってくる准のせいではない。かわいらしい子どもに続いて、すらりとしたコート姿の女性が、春海に歩み寄ってくるのに気づいたからだった。

「春海さん。これだけ用意しておいたから」

「ああ、悪いね」

相変わらず隙のない装いに、少し冷たい印象のある美貌。涼やかな声とともに、なにかメモのようなものを差し出したのは、史恵だった。

（どうして）

たしかに一時期よりは関係は修復したが、春海は史恵とは、准の面会日以外には顔をあわせることもないと言っていた。なのに目の前にいる彼らは当然のように連れだって歩き、以前とまるで変わらないまま、わだかまりもなく話している。

なにより、春海と寄り添えば、まるで雑誌のモデルかのような完璧な『夫婦』に映るふたりの姿に、遼一は胸を抉《えぐ》られる。

「まったく……あなたも准も服にはてんで無頓着なんだから。小学校は制服があると言っても、子どもは毎日服を汚すのよ？　ちゃんとそこらへん、わかってるの？」

きびきびとした物言いには、しっかりもので意志の強い女性特有の、どこかさっぱりとした気配も滲んでいる。

「はいはい。……ママはうるさいな、准」

「うーるちゃーいのー」

きゃっきゃと笑う准に、春海はやわらかに微笑んだ。うるさいとはなによ、と眉をひそめた史恵も、本気で怒っている様子ではない。

それは遼一には、あの三年前の春から、なにひとつ変わらない光景に思えた。なにも欠けたところのない、誰ひとり入りこめない、完璧でうつくしい家族の図。

「あのねあのね。ぱぱ、准のらんどせるね、これなんだよ」

「どれどれ」

袋から出して、早速父親に見せようとした。見ようによっては准のほうが抱えられているような勢いの、きれいな真新しいランドセル。

「ままがね、これがかわいーって。でも准、かわいいよりかっこいいがいいな？」

「うん、かっこいいよ」

大好きな父親に褒められ、喜んでいる准に史恵が「もう」と呆れ声を出した。

「春海さん、あなたその調子で甘いのは困るのよ？」

「ちゃんとしつけてるよ」

「どこがなのよ……こら、准！　おうちに着くまでお荷物は開けちゃいけません！」

「はあーい、まま」

かわいい少年の声が、ぅわんと耳の奥でこだまする。理由はわからないまま、ふっと目の前が暗くなった気がした。

（なに……？　これ……）

はは、と小さな嗤いを漏らして、遼一は背を向ける。これ以上あんな胸のつぶれそうな光景を見ていたら、本当に頭がどうにかなってしまうと思った。

なによりも遼一の胸を痛めつけたのは、ふたりに囲まれた准の、本当に嬉しそうな表情だった。

（あんな顔……久しぶりに見た）

幼い彼はもともとひとなつこく、性格もタフで明るかった。母親がいないことにも比較的すぐに順応したし、その代わりのように周囲の人間にも素直に甘え、笑いかける子どもだった。

ことに、ボガードですごす折りには、きれいな顔をした遼一が、ほかの園児よりも自分をかまってくれることが嬉しいのだと全身で訴えていた。そんな准が、春海の子どもだというだけでなく遼一もかわいくて、たまに遅れる春海の代わりにあやすようなこともしていた。准の成長や日々の出来事は、そういう立場でさえない遼一にもたしかに誇らしさと、そしていとおしさを感じさせるものだった。

けれど、いままでに感じたことのないざらついた不快感を覚えて、遼一はひどく困惑した。

(どうしたんだ……俺)

懸命につたない言葉を紡ぐ声は甘くやわらかく、耳に心地よいものであったはずなのに、いまはどうしてか苦しさだけを覚えて、指を食いこませるほどに胸を押さえてしまう。

——ママ、パパ。

そして、自慢げな甘く可愛らしい声に、なぜ顔が強ばったのかも、瞬時に理解する。

遼一は、あの家族にとって結局、なんの意味もなさない存在のままだからだ。春海の身体を慰め、准の暇つぶしの相手をして、けれどいずれはそっと離れていく、他人でしかない。

(ばかみたい、いまさらそんなの)

わかっていた。そう思うのに裏切られたような気分に胸が塞ぐのは、准のあの屈託ない笑顔や——春海の穏やかなまなざしが、自分などいなくてももう、充分に取り戻せていることに気づいたからだ。

小走りに駆け抜け、地下鉄に乗る前に空を見あげた。

ぐっと弾《はず》んだ息をこらえて唇を噛んだのは、そうでもしなければゆるんだ涙腺が恥も知らずになにかを溢れさせそうだったからだ。

(とうとう、かな)

ずいぶんと成長した准はあの園を卒業し、春海が幼い彼を迎えに来ることもなくなって、そして――いずれそのうち、疎遠になっていくのだろう。

浮かれて、そんなことにも気づいていなかった自分を知ってしまえば、足下の頼りなさに眩暈がする。

遼一は、ただ春海を好きだった。

あたりまえながら彼からはなんらそうした言葉をもらったことはないし、負担に思われたくないから、こちらも口にしたこともないし、気取らせてもいないだろう。

それでも、欲を捨てきれるほど大人でも、枯れてもいない。行き場を失ったままの想いは、偶然その熱を知ったせいでよけいに膨らんで、もう破裂してしまいそうだった。

どこかに、なにか、ささやかなきっかけがないだろうかと模索しながら、求められて拒めず、月に二度だけ自分の腕の中で熱く溶けていく男が、愛おしくて。

(いけない)

このままではきっと、彼の求める自分ではいられなくなるだろう。情を求めて、そばにいてほしいとせがんで、見苦しく縋りつくような真似もしてしまうだろう。

（それは、違うから）

ぼろぼろになった春海が、立ち直ってくれればいいと願っていた自分が、彼を困らせるようなことをしてはいけない。

なりゆきではじまって、気持ちだけを置き去りに身体ばかり、慣れた。そんな相手にいまさら愛情を訴えられても春海は戸惑うだろうという確信が、遼一にはあった。

――愛してるのかって言われても……なんだかそれも、よくわからなくて。

あの夜、思い詰めてぼんやりとした、遠い瞳をする春海を忘れられない。つらそうに、歪んだ顔をして泣いていた、あんな思いをもう彼には、させたくない。

きっとあの穏やかな彼には、遼一のこんな執着じみた想いは重すぎる。そしてぶつけられたことに戸惑い、応えきれないと、また悩むかもしれない。

（それだけは、だめだ）

負担になるくらいなら、こらえればいい。嫌われるよりなにより、あんなぞっとするような虚ろな顔を春海がするくらいなら、なんでもないと遼一はうそぶいた。

本音を言えば、ただ都合のいい自分が惨めで、泣き出しそうな気持ちに何度もなった。けれども、それでも春海を傷つけるより百倍ましだと思っていたのだ。どれほど、自身が苦しくても、傷ついても、それを春海に悟られることだけは、したくなかった。

春海にとって最後まで、ものわかりのいい、都合のいい人間でいてやること。自分にできるのはそれだけしかないと、遼一は微笑みながら心で呟く。

（……よかったじゃない、春海さん）

あなたの愛情はちゃんと、史恵さんにも准くんにも伝わっている。

わななく唇で、声にならないまま呟いた遼一は耐えきれずに片手で自分の目を塞ぐ。

いちばん欲しかった、幸せな家族。一度壊れたところで、あの調子ならきっとまた、復縁することもできるだろう。

シンジとやらの存在もあるかもしれないが、そもそも史恵は春海のつれなさに怒って浮気をしたはずだ。だから春海との関係さえ修復できれば、そこもきっと問題はなくなる。

春海にしても、遼一と浮気をしたのだから、おあいこととして目をつぶればいいはずだ。

（よかったね准くん）

きみの大好きなパパとママがこれからも一緒にちゃんと、あんなふうに——きみを挟んで、片方ずつの手を握っていてくれる日も、近いかもしれない。

そうだ、この場合いちばん大事なのは、准の気持ちなのだきっと。あんな幼い子に、かつて遼一が味わったような、片親の寂しさを覚えさせることはない。

春海もきっと、准にそんな思いをさせたくはないはずだ。

（泣かない。泣くな。わかってたんだから泣くな）

もう大人になった。春海のことだって、いままでの何度目かの恋のひとつ。

破れて、苦しんで、それでも——乗り越えることくらい、ちゃんとできた。

「俺は……だいじょうぶ」

呟いて、どうにか引いた涙にほっとして、遼一は目を瞬《しばた》かせる。

走ったせいなのか、首に巻いたマフラーに熱がこもっていた。ほどいたそれを小脇に抱え歩き出すと、首筋にかすめていく風がたしかにやわらかい。

もう、じきに春になるのだと、やわらいだ陽光を感じて遼一は目を眇《すが》めた。

ひどく目に痛いような気がするのは、きっと天気がよすぎるせいなのだ。

＊　＊　＊

別れを切り出すのはいつにしたほうがいいのか。遼一は惑いつつぼんやりと考えるまま、いたずらに日々はすぎていく。

しかし、あらためて考えるに春海とは、月のうち二度だけの逢瀬を除くと、プライベートな約束など一度もしたことがなかった。毎日、夕刻には店に顔を出し、世間話はしていくけれど、これといって切るような縁がそもそも存在していないのだ。

となれば結局、最後を告げるにはあの、水曜日を待つしかない。それまでの日々を遼一は惰性だけで乗りきらねばならない。

露ほども、つらそうな気配を見せるわけにはいかないのだ。様子のおかしい遼一に気づいたら、春海はきっと気にする。

「——でね、でね、准、観覧車乗ったんだよ！」

「いいなあ、遼くんはお仕事だったよ」

その日は休み明けということで、准はふだんよりもはしゃいでいた。大好きな父親と、車で遠出をし、遊園地に行ったのだと機嫌よく、遼一に教えてくれていた。

「じゃあこんど、一緒にいこうよ！」

「……遼くんも？　いいのかな」

「いーよ。准、お化け屋敷もへーきなんだよ。りょーくんが怖い怖いなら、おてて、つないであげるよ？」

ありがとうね、と微笑みながら、続く言葉に遼一はしくりと胸を痛める。

「ままはね、ああいうのきらーいなの。遊園地も。『のりのも』とかもね、髪の毛、ぐちゃーってなるし、うるさいって」

そのひとことに、もしやその遊園地にも、春海と史恵と三人で出かけたのかもしれないと思った。

「ママは……」

「んー？」

つい、准に向かって「ママは一緒だったのかな」と問いかけそうになり、ぐっとその苦い言葉を遼一は飲みこむ。

「いや。……そうか。遼くんは、好きだよ。遊園地」

「じゃあ、一緒のろ。一緒。でね、途中でびゅーっておばけ飛んでくるの！　スーパーマンで、かっきーんなの！」

どうやらあれこれの乗り物が混在してしまっているようだ。いったいどんなテーマパークに行ったやら、と遼一は苦笑を浮かべる。

このくらいの年齢の子どもというのはときおり、現実と自分の世界がごっちゃになっている。要領を得ない内容であったが、それでも彼が楽しんだだろうことは理解できた。

「そいで、びゅーんってするの！　すごいの」

「ふうーん。そっか。すごいんだ」

いつものとおり、あちこちを汚しながらホットケーキを頬張る准は、全開の笑顔を見せてくれる。苦笑しておしぼりを差し出す遼一に、「ふいてー」と甘えてみせる、その姿もかわいらしかった。

「こら、准、ちゃんと食べなさい。べたべたじゃないか。遼一くんに甘えるな」

「りょーくん、怒らないも」

「あはは、いいですよ……はい、准くん」

興奮してフォークを振り回した准に、春海がたしなめる。だが父親の声も聞こえないのか、「んーんー」と鼻歌でも歌うようにうなりながら、遼一に汚れた口を任せたあと、はぷ、と息をついた准がこっそりと声をひそめてきた。

「りょーくん、あのね、准ね？『しー』のことあるんだよ」

おぼつかない言葉に対し、やんわり微笑んで相槌を打つ遼一に向けて、准は大事なことを教えてあげると言った。

「うん？　准くんのひみつ？」

「ひみちゅー」

ないしょだよ、と手招きされる。少しおませな態度、くるくると変わる表情に、どこかしら春海の面影があるからこんなにかわいい。

なあに、と笑って膝を折り、耳打ちをしてくる准に遼一は顔を傾けた。内緒内緒、といいながら、准は誇らしげに声を張りあげる。

「あのね、こんどしょーがっこーなんだよ！　せーせんしょがっこ！」

「あ……」

あっちの学校に通うんだよ、と誇らしげに教えてくれた准の言葉に、遼一は一瞬硬直する。脳裏をよぎったのはあの日、ランドセルを抱えてうつくしい両親に挟まれた、准の姿だった。

——春海さん、あなたその調子で甘いのは困るのよ？

美貌に似合う史恵の、やわらかに甘い声が、うわんと遼一の耳にこだました。

（なん……だ？）

その瞬間なにが起きたのかと思った。

背中がこわばり、いやなふうに鼓動が跳ねた。貧血にも似た症状で、冷や汗が背中を伝う。

そして一瞬だけ遠のいた意識の隙間に、余呉の「そういえば」という声が聞こえてくる。

「隣、そろそろ卒園式の準備してたっけなあ……」

「早いもので……清泉《せいせん》の試験も大変でしたけど」

遼一の動揺には気づかないままの、余呉と春海のなごやかな会話を耳にしながら、どうしてこんなにいやな予感がするのかと遼一は戸惑った。

そうして、なにかを探るような余呉ののんびりとした声が耳に届けば不意に、身体中が凍りつく。

「——じゃあ、常連も卒業かな？」

一瞬だけ、店長の丸眼鏡の奥の目が、ちかりと光った気がした。そして、かすかな棘《とげ》に気づかないままの春海の声が、さっくりととどめを刺してくれる。

「そうですね、さすがにこちらにはなかなか……残念ですけど」

あっさりと、ほんのかすかな社交辞令を交えただけの言葉を紡いだとき、遼一の脳裏によぎったのは「ついに」という言葉だけだった。

(……そう、か)

准の通う予定の清泉小学校は、春海の職場には近い。父子家庭であることを考えれば当然の選択で、けれどそれは遼一の勤め先よりもずいぶん遠くになる。

となれば、春海が准を迎えに来ることもなくなる。この店から彼らの足は遠のいていく。

「まあしばらくはばたばたしてますし……また、いずれ時間が取れたらお伺《うかが》いしますよ」

「……無理しなさんな。忙しいんでしょうに」

社交辞令めいた会話が、どんどん遠ざかった。

わかっているようでまるでわかっていなかった――いや、気づこうとしなかった事実に、遼一はいまさらショックを受けていたのだ。

毎日、准を迎えに来るついでに春海もボガードに寄り、それはひと目のある場所だったからたいした会話はなかった。けれども、日を追うごとに春海が自分にうち解け、馴染んだ空気を発してくれるようになるのが、本当に嬉しかった。

しかし春海が落ち着いていくごとに、遼一は自分の存在意義がわからなくなっていったのも、また事実だ。

「……りょーくん?」

黙りこんだ遼一に不思議そうな瞳を向ける准の無心さに、はっと我に返った。

「っ、そうかあ、……准くん、年長さんだもんね」

素通りしていく言葉たちがなによりも遼一を打ちのめして、そのくせ笑っている自分を遼一は遠い意識の中で認識する。

「こんどは、いちねんせーだよっ」

よかったね、と答える自分が信じられないまま、折った膝を伸ばすとかすかに震えていた。縋るように視線を向けたさき、余呉と世間話に興じる春海は、遼一の動揺に気づいた様子もない。その横顔にはもう、以前の壊れそうな張りつめた気配などどこにもなく、遼一はすぐに目を逸らした。

にこにことする准はそれに気づくこともなく、鼻歌まじりでフォークを残骸と化したホットケーキに突き刺し、また父親に怒られる羽目になる。

「准！　ちゃんと食べないと下げてもらうぞ」

「やーっ」

遼一の暗い瞳には気づかないまま、我が子をしつける春海の声が遠い。そんな微笑ましい姿を見ることも、次の春からはもう、なくなるのだ。

「……っ」

眼底の奥を刺すような痛みを感じて、それが涙に変わる前に、遼一はそっとその場を離れた。小言を言う春海も、むくれる准もそのことに気づきもしないままであることに、勝手に傷ついた気分になる。

（ばかみたい……別れるだなんて）

放っておけば、終わりになる関係だった。自分がいつ最後を切り出そうかと考えていたこと自体が、滑稽だった。

なにをいったい、思いあがっていたのだ。そんなあたりまえのことにいまさら気づいたのかと、遼一は自身を嗤った。

本来、なんの繋がりもない遼一と春海が、一年もの間ずるずると続いた理由のひとつには、近場で手ごろな相手だったことも大きかったはずだ。

不安定な、月に二度のセックス以外になんの約束もない関係でも、日々を近い距離で過ごせるという事実だけが、遼一の支えでもあったのだ。

そこには、近くにさえいればもしかして少しでも、情に近いものが春海の中にわくこともあるのではないかという、あさましい期待もあったことは否めない。

けれど、あのあっさりとした首肯《しゅこう》には、このさきの我が子の進路と、少しばかり楽になる生活時間への安堵しか見て取ることはできなかった。

（会えなく……なっても、平気なんだね）

成長する准をやさしく見つめた春海には、寂しさや感傷といったものを、ほんのかけらも、見つけられなかった。

父親の、誇らしげに慈しむばかりの顔しか。

銀座で見かけたときよりも、なお落ち着いた気配に寂しいと感じる、遼一は自分の勝手さを呪った。

あの偶発的な出会いのころ、史恵との行き違いに傷ついて疲れた彼は、おそらく男性としての自信もなくしていた。憧れるばかりだった遠い存在の、傷ついて哀しそうな表情を見つけた日に、その想いは本当に深く根づいて、離れられなくなった。

ただただ、春海に穏やかに心安らいでいてほしくて、史恵が彼らの前から消えたあと、強ばっていた表情が少しずつ凪《な》いでいくのを、じっと見守り続けてきたのだ。

しかし一年を経て、春海の浮かべる表情はむしろ力強く、穏やかさとたくましさを併《あわ》せ持つものに変化した。

（もう、そういう顔、できるようになったんだね……）

考えてみると、水曜日に不安定になると言ったところで、以前のようにおかしい様子もない。ただ少しだけ寂しいと、遼一に甘えてくるだけで――おそらく、いなければいないで平気な程度には、もう春海も立ち直っているはずだ。

お役ごめん、という言葉が不意に浮かんで、遼一は吐息する。

（もう、俺のことは……いらないね？）

カウンターの端にたたずみ、薄い控えめな笑みを浮かべた遼一の瞳が暗く濁っていることに、春海が気づくことはない。

いつも同じ席に座って、店長の焼いたホットケーキを頬張る准を眺めながら微笑む春海に、恋をした。これをいつまでも見つめていられるなどと、どうして思っていられたのだろう。

見慣れた光景は遠く、歪んでいく。

目の前が暗くなって、それでも遼一はただ、笑っていた。

＊　＊　＊

もういっそ二度と来ないでほしいと願った、水曜日。

やはりその前日に春海《はるみ》は「いつもの場所で」と告げて、遼一《りょういち》は「はい」と頷《うなず》いた。

手の甲を二度、指先で叩いて去る、秘密じみたサイン。常には甘いようなそれが神経を引っ掻《か》いたように痛くて、真っ青な顔色をした遼一に、余呉《よご》はひとことだけ告げた。

「おまえ休み、しばらくとるか？」

なにかを遼一が決めたことを、余呉は気づいているようだった。そんな青い顔色で店に立たれては迷惑だと、そんな言いざまで水曜から三日間、来なくていいと言い渡された。

「その代わり、きっちり三日で立ち直れ」

「……ありがと、店長」

結局は甘やかされてしまったことを内心で詫《わ》びつつ、遼一は失恋記念日に備えたのだ。そして、できるだけ自分の顔色が明るく見える、春海の好きだと言った服を着て、例のホテルで春海を待った。

（そういえば、ホテルで会って……って古い歌、あったなあ）

本当に演歌の世界だと自分を嗤《わら》いながら、いつものように彼を迎え入れ、いつものように准《じゅん》を史恵《ふみえ》に取られてしょげている春海をなだめて、いつものように肌をさらした。

この日はきっと、もっと自分は混乱するのではないかと予想していた。だが、緊張はしたものの抱きあってしまえば、いつもと大差のない胸の痛みしかないことに気づいてほっとした。

それが、一年間ずっと苦しかったせいなのだとは気づけないまま、これまでを振り返り、遼一はふっと目を泳がせる。

（いろんなこと、あったなあ）

寝るようになってからは一年弱。だがはじめて彼を見た日からもう、そろそろ三年が経《た》とうとしている。けっこう長い片思いだったなと、しみじみした気分になるのが不思議だ。

馴染《なじ》みになったホテルの、閉じきった窓から差す光はない。さきほど灯《あか》りを落としてしまったせいで部屋の中は薄暗く、いまが何時なのかもよくわからない。

季節感も時間の概念も薄れる部屋の中、吐息と体温とを混ぜる時間だけを共有して、今日がその二十一回目になると、さっきたしかめたばかりだ。

春海とのセックスも、だから二十一回ぶん。

そして、これからはじまる時間は、彼との、最後の——。


「どうしたの、ぼんやりして」

「あ……、いいえ」

キスの途中でうつろな目をしていたことに気づかれたのだろう。顔を覗《のぞ》きこんでくる春海に慌ててかぶりを振り、遼一は自分から唇をあわせていく。

「なんでもない、……から、ね？」

「ん……？」

怪訝《けげん》そうな顔にひやりとしつつ、言葉を塞《ふさ》いだ。せめて最後のセックスを終えるまでは、春海にいらぬ気遣《づか》いをさせたくはなかった。

「……んんっ」

絡《から》めあった舌、混ざりあう唾液を啜《すす》ると、渇いた喉《のど》があさましく嚥下《えんか》の音をたてる。くぐもった喉声をあげながら胸をまさぐられて、息があがっていく。

しなやかな長い指が、その硬質な印象に不似合いなほどに器用に蠢《うごめ》く。大きな手のひらで何度も胸の上をさすって、尖《とが》った場所を押しつぶす。

「ふ……んっ」

小さく、ぷつりと浮きあがった乳首は弱くて、いじられるたびに腰が浮きあがりそうな感覚が襲ってくる。そうしながら、口腔を肉厚の舌に舐《な》めまわされる。

細い腰は長い腕に抱かれたまま、ゆるやかにしなって熱をあげていく。

（……きもちいい）

春海の口づけは、遼一の知る相手の中でも相当に巧みだった。子どもがいるせいか、煙草《たばこ》を吸わない彼の舌はとろりと甘くなめらかだ。不思議な生き物のようなそれが歯列を這《は》い回る感触は、それだけで眩暈《めまい》を起こしそうなほどに心地いい。

「あ、も……っ」

不意に、敏感になった乳首を強く引っかかれて、降参の声とともに唇を離したのは遼一のほうだった。

「春海さん……あ、遊ばないで」

「遊んでないよ、べつに」

慈しむように髪を撫《な》でられて、胸が苦しい。まっすぐなまなざしはいたずらに遼一を惑わせるから、急《せ》いた気分で相手の下肢へと手を伸ばした。

「する、ね？」

「ん……」

もう何度も繰り返したその手順に逆らわないというように、春海がそっと身体をずらして、遼一の瞳が潤む。

仕立ての良いシャツを脱がしながら、引き締まった肌に口づけていく合間、遼一のジーンズも取り払われる。じゃれるように脱がせあいながら、それでも愛撫《あいぶ》を仕掛けるのはこちらがさきと、遼一は決めていた。

「春海さんの……おおきい」

長い脚を包んだスラックスを押し下げ、下着の中に包まれた膨らみを鼻先に見つめると喉が鳴る。自分の淫乱ぶりに呆《あき》れるような気分もあるけれども、そっと頰《ほお》ずりをして見上げたさきに、春海の澄んだ瞳が潤んでいるから嬉《うれ》しくなる。

「ん……っ」

手のひらでやさしく撫でたあと、焦《じ》らすことはせず下着の前を開く。二週間ぶりのそれはしっかりと上を向いて、湿りを帯びた先端をくすぐると指先がぬるりと滑った。

音を立てて口づけ、ひくりと震えたそれを卑猥に開いた唇に吸いこむと、この逞《たくま》しいもので貫かれた記憶を思い出し、細い腰が揺れる。

「く……ふ、ん、ん、ん」

軽くくわえて頭ごと動かせば、ちゅぷちゅぷと濡れた音が立つ。口いっぱいに含んだ性器はもう充分に高ぶっていて、実際には煽《あお》ってやる必要もないほどだった。それでも、唇での愛撫はどうしても、手順から外したくはない。

「ど……う？」

「うん……っ」

ルックスも人柄もあって学生時代からそれなりにもてたようだが、それだけに風俗も知らない春海は、この行為を遼一にしかさせたことがないと言っていた。

さもしいような行為でも、この男のこんな場所まで愛してやれるのは自分だけだと思えば、ささやかな優越感がわき起こる。感じている声を、表情を見つめると身体が疼《うず》いて、奥の奥まで濡れるような気分になる。

（できればもう、ほかのひとに、舐めさせないでほしいけど）

でもそれは無理な話だ。わかっていると眉《まゆ》をひそめるけれど、口淫《こういん》の苦しさのせいだと思われるだろう。いっそ苦しいくらいが気楽で、激しい音を立ててそれを頬張っていると、まだ下着を穿《は》いたままの尻へ長い指が触れた。

「……んあっ」

もう春海にも見て取れるほどに、うずうずと揺れた腰に気づかれたのか、布越しに強く指を立てられる。前にまわった手に形を変えた場所を撫でられると、ひくりと背中が反り返った。

「あ、待って……まだっ」

「いいから……」

触らせて、と囁《ささや》かれた。竦《すく》みあがる細い身体をやや強引に春海の腕が引き寄せる。薄い下着一枚でも阻まれているのが気にくわないと言うかのように、急いた手つきで脱がされた。

鼓動の乱れる胸の上にはきつい口づけが落とされた。そうしながら彼自身も、肌にまつわる残りの布地を放り投げていく。

「あ、ちょ……っ、だめ、シャツ、皺《しわ》に……っ」

「かまわないから」

焦った声をあげた遼一に、そんなことはいいからともう一度口づける春海は、さきほどまでのしおれた様子が想像できない。少し苛立《いらだ》ったようなきつい表情にぞくりとして、絡みあった腰の間が高ぶった。

「あ、や、春海……はるみ、さん、待ってっ」

「だめ。たまには年上に譲りなさい」

たっぷりと唾液を絡めて愛撫していた春海のそれはぬめっていて、こすりあわされたさきには遼一の性器がある。熱の触れる感触にびくりと腰を引くが、強い指に引き戻され、わざといやらしく動かされてはたまらなかった。

「ああ、あ、ん……っ」

抽挿《ちゅうそう》の動きを模したこれに、遼一はひどく弱い。身体の上で春海が腰を使っているという事実だけで高ぶり、彼の形も覚えてしまった尻の奥が、物欲しげにうねうねと蠢いてしまう。

「や、だめ、それ……っ」

「だめじゃない……だろ？」

もう知ってる、と春海がノーブルな顔で意地悪に笑う。彼らしくもなく即物的なまでに腰を揺らして、遼一は追いつめられる。彼の大きな手のひらに、簡単に摑《つか》み取られた尻を強く揉《も》まれると、若いだけに遼一のほうが分《ぶ》が悪かった。

「ん、んんっ、も……うっ」

疼いた肉の奥が、はしたなく濡れていく。それは滴ったふたりぶんの体液のせいでもあり、女のように抱かれることに慣れた、遼一の身体のせいでもある。

「もう、いれ、入れて……？」

「もう？」

こらえきれないような吐息を混ぜ、耳元にせつなく囁くと、抱きしめた背中が震える。じわりと汗の滲《にじ》んだ広い背の窪《くぼ》みを指で辿《たど》って、はやく、と遼一は繰り返した。

「はやく……春海さん、ほしい……」

絡みつく声音で煽り、ほっそりとした脚を逞しいしなやかな腰にこすりつけると、春海は観念したように吐息する。

「まったく……」

少しだけ不満げに耳を齧《かじ》り、「遼一はいつもそうだ」と彼は呟《つぶや》いた。

「ゆっくりやさしく、って言いながら、いつも急かす」

「だ、て……あ、う」

反論が途切れたのは、なにかぬるみを帯びたものが拡《ひろ》げられる場所に触れたからだ。息を呑《の》み、長くすっきりとした指先が奥まったそこをつつくのに、もじもじと腰が揺れてしまう。

「――俺に触られるのは、きらい？」

「あ、あ、ん……っ」

馴染ませるように塗りつけられたジェルの助けを借り、慣れた身体は春海へとあっさり開いていく。こんな状況では返事もできないと甘く喘いで、遼一は言葉をごまかした。

やさしくやわらかに、溶かすように触れられることを拒んでいる、その事実を春海が指摘するのはこれがはじめてではないけれど、応《こた》えるわけにはいかない。派手に喘いでごまかし、腰を揺すって促した。

「遼一……？　よっぽど、早く終わらせたいの？」

「ちが……あ、いやっ、あんっ」

真摯《しんし》な目をして覗きこんでくる彼に、変な期待を持ってはいけないのだと、甘く低い声を耳にしながら、遼一はきつく目を閉じる。

（言わない、絶対）

本音をさらすことなどしない。感情の燻《くすぶ》る目は見せない。

けれどそうしていても、抱きこまれた広い胸の鼓動や、いま自分の体内を押し広げている指の感触はむしろ遼一を追いつめて、息が苦しい。

「す、き……っ」

愛撫に応えた睦言《むつごと》のふりで、正気では一度も告げたことのない告白を漏らすと、春海の広い肩がぴくりと動いた。

「――なにが？」

（え……？）

「なにが好き？　遼一」

春海の声にはなにかふだんとは違う、探るような響きがあるような気がした。それでも、まさかと思いながら遼一は脚をさらに開いて、春海を誘うために腰を振ってみせる。

「ん……ん、そ、こ……っ触られるの……すき、そこ……」

瞑目《めいもく》し、溶かされていく感覚に没入するふりでいながら強情に口をつぐむ。いつもどおりの遼一の声に煽られたのか、春海はかすかに背中を震わせて細い脚を抱えあげた。

ため息が混じったのはきっと気のせいだろう。いやもしかすると、大胆を通り越して嬌態をさらす遼一に、呆れてでもいるのだろうか。

自分のことで手一杯の遼一は、春海の感情がよくわからない。ただ、あまり機嫌のよくない雰囲気の声に、おずおずと目を開く。

「ここが？　なに？」

問いかける春海は、なにか苦笑にも似た複雑な表情を浮かべていた。気分を害したわけではないことにほっとして、探る動きに応え、腰を揺らして声を出す。

「そこ、すき……そこいいっ……あっ」

「じゃあ、いい？」

もう欲しいと訴えられれば拒めずに、かすかな笑みを浮かべながら遼一は頷く。

「ん、いい、……あ……！」

入りこんでくるときの一瞬の不快感をやりすごしたあとには、痛みを忘れてしまうほどの圧倒的な快楽が訪れるはずだ。眩暈がして、ただ溺《おぼ》れて、すべてを忘れて腰を振るだけ。

（いいんだ、もう。いやらしい身体だって、思われてても）

そのあとにやってくるぎこちなさや苦しさも、今日でおしまい。だから好きなだけ溺れてしまえと、遼一は圧迫感のひどいそれに息を呑む。

押し当てて、貫かれて、あとは感じるだけと——そう思ったのに。

「ふ、……んう、あ、あー……！　い、た……っ」

「——え？」

言葉なく深く奪われた瞬間、繕《つくろ》うことのできない悲鳴が迸《ほとばし》り、遼一は激しくかぶりを振った。

ふだんならばすでに解けて、甘く綻《ほころ》ぶはずの遼一のそこは固く窄《すぼ》んで春海を拒んだ。そのことに驚いたのは春海だけでなく、遼一自身も同じだ。

（なんでっ……!?）

慣れはあるから、受け入れることはできる。それでも内心の強ばりを示すかのように、溶けかけた身体は反射的に固く縮こまってしまった。

「まだ、きつかったのか？」

もともと無理のある行為を、性急に行われれば苦痛は否めない。けれど、いままで一度として、こんなかたくなな反応を見せたことなどない。自分の身体が、思うよりも心に素直だと知ると、舌打ちをしたいような気分にさえなる。

「遼一？　痛む？　やめておこうか」

「だ、だい、……だいじょ、ぶ。……待って」

悪い、と告げる春海が慌てたように身を引いて、それはいやだと反射的に引き留める。震える両手を伸ばし、そっと気まずげな顔を包むと春海が眉をひそめた。

「やめないで、……もう、平気。だから……ね？」

「でも、これじゃあ……きついんだろう？」

身動きのとれない中で唯一自由になる細い腕で、形よい頭を撫で、背中をさする。細い指の感触にふっと息をつき、強ばっていた春海の肩から力が抜けていくのを知った。

（いいんだ。気にしないで）

あなたはなにも、気にしなくていい。この身体を使って、なにかの憂さを晴らせるならそれでいい。言葉にできないまま訴える手のひらに、春海は少し怪訝そうに名を呼ぶ。

「遼一……？　どうしたんだ？」

ことのはじめから物思いに耽《ふけ》り、反応の鈍い遼一に向けられた声は、不機嫌というよりも不安そうだった。春海の黒い瞳に覗きこまれると、苦い罪悪感も消し飛んでしまう。

「すきに、して、いいから……」

「できるわけないだろう、そんなふうで」

遼一は青い顔のまま微笑《ほほえ》んでみせた。心から思うけれど苦痛は隠せず、唇は色をなくして震えて、笑みはぎこちなく歪《ゆが》んでしまう。それを認めた春海は、なだめられるどころかよほど痛むような表情を浮かべて、遼一はさらに哀《かな》しくなった。

（うまく、ないな……）

みっともない顔を見せて、不愉快にさせたのだろうかと眉を寄せてしまう。あげく、深く吐息した春海が、壊れ物でも包むように抱きしめてくるからどきりとした。

「どうして無理なのに、無理って言わない？」

「無理じゃ、ないよ」

笑んだまま頷けば、強情だと呟かれたような気がした。それはあえて聞かなかったことにして、不安定な動悸《どうき》が身体を強《こわ》ばらせないようにと遼一は祈った。

「ねえ、して……」

「おい、だから」

「もう平気、……もう、中、ほら……」

努めて身体の力を抜き、繋《つな》がった箇所への負担を減らせば、脈打つような春海の感触がリアルに伝わってくる。目を閉じ、力強く、細い身体をいっぱいに開いてくるそれを脳裏に描けば、彼の与える熱病のような官能を、遼一の身体は徐々に思い出した。

（だいじょうぶ。あれがゆっくり入ってくると、ちゃんと気持ちいいはず）

自分に言い聞かせながら、そこをゆるめる。とくり、と濡れて熱い彼の性器を反射的に締めつけたのは、さきほどのように拒む理由からではない。

（あ、平気……かも）

官能の予兆を拾いあげた粘膜は、そのままとろとろととろけて、春海の脈に同調する。

「……っふ、ね……？　い、でしょ？」

「ん……やわらかくなってきたけどね」

遼一の変化に気づいた春海が、そっと顔を覗きこんできた。そのまま何度も髪を撫でながら試すように腰を揺らされて、遼一は不意打ちのそれに甘い声をあげる。

「や、ん……っ」

「遼一、痛いなら痛いって言って。無理させたくない」

「痛く、ないっ」

「嘘《うそ》を言うな」

可哀想なことにしたくない。気持ちよくしたい。低い声にそう告げられて、泣きそうになる。

(言わないで、そんなこと)

そっと頰を撫でて囁く声に、嘘がない。真っ直ぐな視線に、心臓が射抜かれて爆《は》ぜる。

春海の少し乱れた髪が秀でた額にこぼれて、滲む汗に気づけばさらに胸が苦しくなった。

(やさしくとか、しないで。きついよ)

こんなにも近くにいて、彼の匂いに包まれながら身体の中にいる春海を感じて、それで平静でいられるほどに、遼一は冷めていない。

(春海さん、好き)

泣いてしまいたい。好きだと叫びたい。それができないならせめて——いまだけでも、このひとを感じていたい。

（好き、好きだ。ずっと好きだったよ。愛してるよ……抱かれるの、嬉しかった）

どうせもう、いまだけだ。どんなにあさましく乱れても、今日が終わればもう二度と抱かれることもないと思えば、いま体内に取りこんだものが愛おしくて惜しくて、たまらない。

（でももう、疲れちゃったんだ……もう、どうでもいいんだ）

ふっと、張りつめていた心の糸がゆるむのを知って、まずいと思いつつも遼一はそれを自分に許した。

最後だから、きれいに終わりたいと思った。けれども、最後ならせめて自分の思うままに抱かれてみたいと願い、理性のたがが外れてしまう。

感じたい。味わいたい。春海のくれる官能を、全部まるごと覚えてしまいたい。

「！　……あ、あ……」

じん、と腰が重くなって、ごまかしようもないほどに、春海を包んだ部分がざわめく。

（やばい、本気で、感じちゃう……かも）

セックスに慣れた遼一の身体は脆《もろ》く、行為の最中に意識を飛ばすことも多い。それだけに、溺れきることは避けたくて、ことさら積極的に遼一は振る舞ってきた。

（だって、本気でイったら、わけわかんなくなる。なに言うか、わからない。そんなの怖い）

縋《すが》りついて愛情を請うような真似でもしたら、目も当てられないだろうと、どこかしら冷めた気持ちをあえて、忘れないようにしてきた。

まして、今日。最後と決めた日にそんなことをしてしまったなら、なにもかもがだめになってしまうのに――。

（ああ、でも、でも……もう、だめだ）

腰の奥が火照《ほて》っている。疼いて疼いて、好き放題揺れるのをこらえるから、ぶるぶると身体中が震えてしまう。

「遼一？　やっぱりきつい？」

どうしたんだ、と覗きこんでくる春海の些細《ささい》な動きに、ぎりぎりの自制が吹き飛んだ。

「ちが……あ、んん、や……っ！　あん！」

「――え？」

唐突に感じて、反射的に背中が反り返った。突然の顕著な反応に、春海は驚いたように目を瞠《みは》る。おまけに遼一の細い脚は勝手な痙攣《けいれん》を繰り返し、気づけば曲げた膝《ひざ》を開閉するようにして、春海を求めはじめている。

「はあ、んっ……うごい、て……おねが、動いて……っ」

「……っ、なに、急に……どうしたんだ」

あまりにいやらしく動いてしまう自分の身体を羞《は》じて、それでも止められず、戸惑《とまど》ったような春海に抱きついてせがむ。

「もう、痛まない？　本当に？」

「ほ、ほんとに……あ……っ、よく、わかんな……なんか、よくなっちゃっ……」

ああ、と艶《なま》めかしい息を落として、もうこらえることを諦《あきら》めた腰を踊らせ、その気になってくれと汗の滲む背中を撫でた。

「お願い……春海さ……っ突いて、動いてっ」

「遼一……」

誘う仕種《しぐさ》はどこか痛ましいような必死さを帯びる。遼一は眉をひそめた春海の心境ももう慮《おもんぱか》れない。ただ、腰の奥を深く貫いた彼自身がさらに膨らむのを感じると、ぞくぞくとわけもなく感じてしまう。

「そんなに、誘って……知らないからな、どうなっても」

「あ、いい、いいから……めちゃくちゃ、に、して……！」

語気荒く告げられると、ただ嬉しいと思う。常には穏やかな低い声が、かすれて熱くなる瞬間を知ってしまえば、甘い疼痛が指先まで走り抜けた。

「んあっ、いいっ……いー……っ！」

遼一は嗚咽《おえつ》のような喘ぎを漏らして、ようやく動き出した男の背中を抱きしめる。

強く身体の奥を圧迫するそれをいままで、唇で指先で、そしていま受け入れている場所で何度も愛した。

深く抉《えぐ》られ、濡れた音を立ててかき混ぜられて、強く揺さぶられるのがたまらなかった。啜り泣きながらのぼりつめる瞬間に、彼の体液が身体をさらに濡らすのが好きだったから、セイフセックスも、二度目からはやめた。少しでも彼との間を隔てるものがあることを嫌って、遼一は自分の負担を顧みず、直接粘膜を結ぶことを許した。むろん、そのためのケアなど、春海にいっさい教えもしなかった。

(でも、もう、できない)

熱くて、激しいそれに本当はいつでも浸っていたかった。好きで好きでしょうがない男に抱かれることを、なんで自分からやめなければいけないのかと、悩みもした。

「ひ、あ……っ」

「きついか?」

「ううん……」

こうして抱きあうとき、ふっと情の通うような錯覚はある。春海の抱き方は、慣れてくるにつれてどんどんとやさしくなって、だから、怖くなった。

別れを切り出すのも、自分の本意では決してなく、けれども、今日終わらせなければ踏ん切りがつかなくなる。

ずっと悩んで、苦しんで、決めたのだ。この日が最後と、ようやく覚悟をつけた。

だからもっと、最後だからもっと。

「い、から……も、と……！」

細い顎《あご》から散る水滴は、もう汗なのか涙なのか、遼一にもわからなかった。

声も出ないほど、壊れるほど抱いてくれとせがみながら、遼一はきつく瞼《まぶた》を閉じる。

その雫《しずく》を拭《ぬぐ》う春海の顔がなぜか、苦く歪んでいることも——見えないままだった。


ふと目を開けると、驚くほど間近に覗きこんでいる春海の顔があって、びくりと遼一は細い肩を竦ませた。

「よかった、気づいた」

「あ……？」

どうかしたのか、と瞬《まばた》きを繰り返せば、ほっとしたように春海の涼やかな目元がゆるむ。

身じろぐと腰の奥にはまだじんわりとした痺《しび》れが走って、どうやら数分ばかり意識を飛ばしていたらしかった。

「ご、ごめんなさい……俺、ぼうっとなっちゃって」

「いや、それだけならいいけど。痛いところはない？　心配した」

「へ、平気」

感じすぎて、気を失ったようだ。自覚したとたんに恥ずかしくなり、逃れるように遼一は寝返りを打ち、春海に背を向けたままそろりと起きあがった。

「まだ寝てたら？」

「あの、だいじょうぶ。シャワーを……」

事後の空気というのは、いつでもいたたまれない感じがする。終わってしまえば逞しい身体をまともに見るのも気が引けて、そそくさと遼一は身仕舞いをするのが常だった。

「──っあ、？」

しかし、いつものようにさりげなくベッドから去ろうとした瞬間、床についた足先がまるで、やわらかいなにかを踏みつけたように沈むのを知った。見苦しく転ぶのだけは避けられたが、力無くまたシーツに座りこんだ遼一に、春海が訝《いぶか》しげな声をあげる。

「どうした？」

「な、なんでもないです……」

きつく膝をとじあわせ、突っ張った両腕でシーツを握って顔を赤くすると、どこか痛むのかと問われた。平気だからと答えながらもひどく焦るのは、奥深く注ぎこまれたものがへたりこんだ瞬間に溢《あふ》れてしまったせいだ。

（どうしよう……で、出てきた）

いま立ちあがれば、シーツに染みが残っているのがわかってしまう。さりとていつまでもこうしていればおかしく思われる。静かに恐慌状態に陥った遼一は、心配そうに覗きこむ春海の顔をまともに見られない。

「立てないのか？　やっぱり無理したんだろう」

「そ、そうじゃなくて、あの……っ」

いっそさきにシャワーを浴びてくれと勧めるべきか、それとも——と困惑するうちに、もぞもぞと腰を落ちつきなくさせた遼一に、春海は気づいてしまったようだ。

「ああ、なんだ。……出てきちゃった？」

「……っあ、あの」

そういうことか、と小さく笑われて、かっとなる。あやすように髪を撫でられて、遼一はなおいたたまれない。

「いまさら恥ずかしがることないのに。不思議なとこで照れるね」

「だって……こういうの、は……」

行為中にはどんな大胆なこともできるけれど、終わったあと、奇妙に凪《な》いだ空気の中ではあまりなまなましい部分を見せたくなかった。

「さ、さきにシャワー、行ってください。お願いします」

ことに相手の残したものがこぼれてくる瞬間は、排泄に近いような感覚を味わう。性的なそれではなく、生理的な羞恥を覚えた遼一が身を縮めていると、かたくなな気配に春海もしばし沈黙した。

「じゃ……連れてってあげようか」

「え、……え？」

ややあって、小さく笑んだ彼がそう呟き、意味を理解するよりも早く、皺のよったシーツがかき寄せられる。なにを、と思うよりさきに腰を抱かれ、濡れた部分を隠すように布が巻きつけられた。

「ちょ、や、……やめてください、春海さんっ」

「いいから、じっとしていて」

気遣われるだけでも恥ずかしいのに、子どものように抱えあげられて面食らう。きゃしゃとはいえ遼一も成人男性なりの体重はあるはずなのに、抱えあげる春海の腕にはなんの危なげもない。

「腰、腰痛めますよっ」

「六歳児の暴れん坊を抱えるよりは楽だよ。それに、そんなに歳じゃない。心配なら、じっとしてて」

焦る遼一がおかしいのか、くすくすと笑みを零《こぼ》した春海に、結局は浴室まで運ばれた。

（くらくらする……こんなこと、されて）

最後と決めた日にこんな甘いことまでされてしまうと、ますます忘れられなくなってしまうと遼一は唇を嚙《か》んだ。

「そんなに顔しかめることないだろう。……いやだった？」

「ちが……も、もう、いいですから」

紅潮した顔を歪ませ、うつむいてしまった遼一を下ろした春海は、くしゃくしゃにまきついた布をそっとほどいた。

「あとはひとりでいいから。ありがとう」

「だめ。まだふらついてるだろ。ついでに髪、洗わせて」

「は、春海さん……なに言ってんですか!?」

目を回す遼一に有無を言わせず、腕を引いた春海に浴室の中に連れこまれ、頭からシャワーを当てられた。

（どうしちゃったんだ……）

大抵において、春海とのセックスのあとはだらだらとすごすことはなかった。なるべく早く彼を家に帰そうと遼一は努めたし、肌を絡めあった時間が濃厚なぶんだけ、濡れた時間の終わりにはいっそつれないほどにきれいに、余韻さえかき消そうとしていた。

だから一緒にシャワーを浴びるなんて、いままでしたことがない。べたべたとした触れあいはなにか、自分たちの関係にはそぐわないと思ったし、春海のイメージとして似つかわしくなかった。

（なんで、こんなことするんだろう）

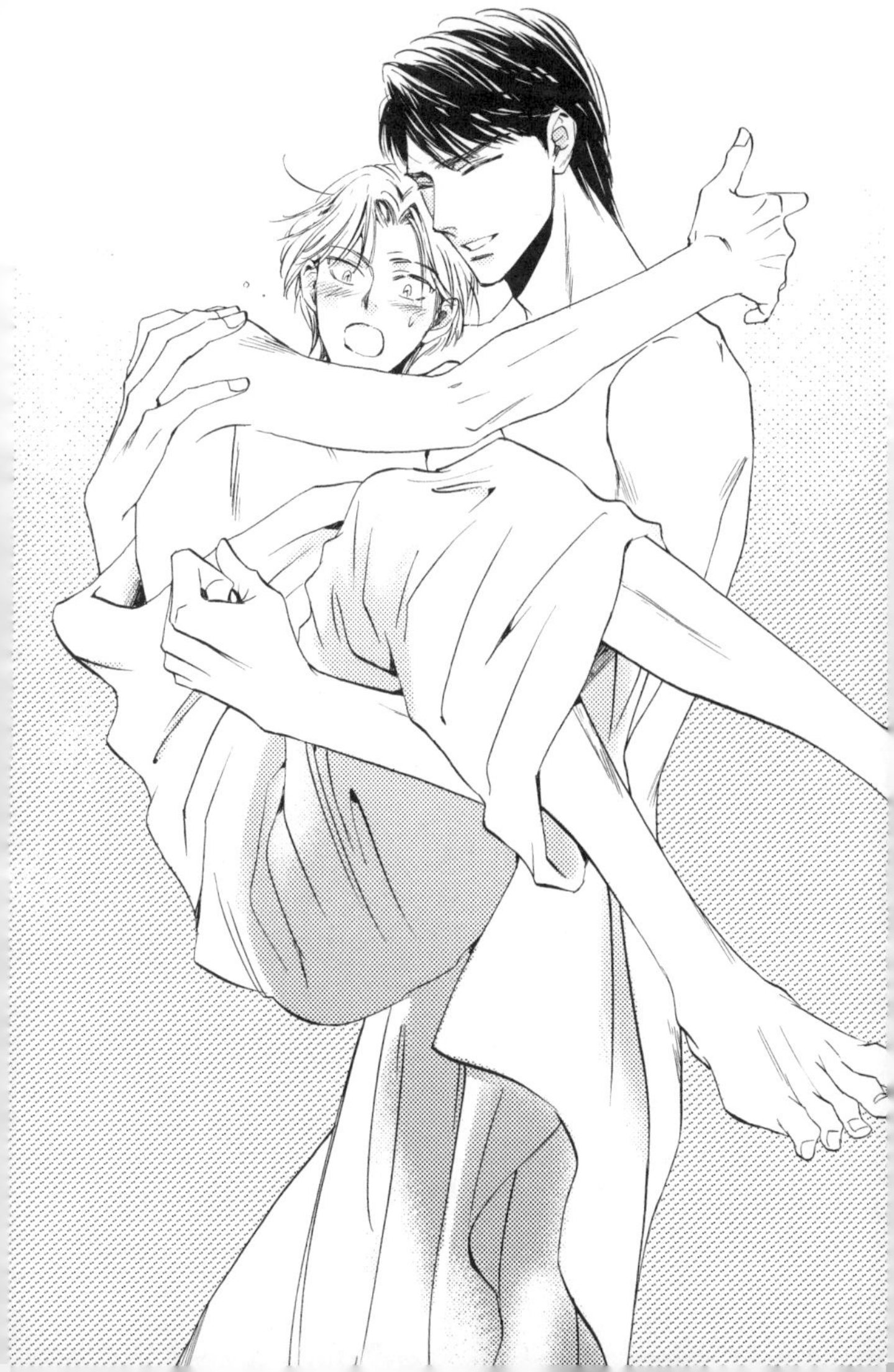

状況が理解できないままの遼一をよそに、長い指が髪をかき混ぜ、地肌を探る。手慣れたそれが不思議に思うよりも早く、彼がこうして准の髪を洗ってあげているのだろうと気がついた。

「……上手ですね」

「准は目に染みるだの痛いだの、文句ばっかり言うからね。慣れた」

想像する光景は胸をあたため、泡を洗い流されながら遼一はそっと微笑む。けれど笑いきれず、唇が奇妙に歪んでしまった。

(なにか、気づいてる……?)

いつもよりもかいがいしく振る舞う春海も、どこかおかしいと思った。それは取り繕えない自分の未熟さのせいで、このひとに気を遣わせているのだろうと思えば情けない。

どうして、うまくできないのだろう。なぜ最後の最後で、こんなことになっているのか。

「流すよ」

目を閉じていて、と告げるそれは父親の声をしていて、遼一を苦しくさせた。そして、欲したはずのやさしさが、まるで自分の願いとずれていたことに、いまごろ気づいて失笑が漏れる。

(……違うんだ)

准のように、こうしたひとに慈しまれ育てられればどれだけ幸せだろうかと、羨《うらや》みながら微笑ましく思っていた。あんなふうにやさしくされたいと、ずっと願っていたはずだ。

それなのに、まるで子どもにするように髪を洗われると、どこかしら哀しいような気分になる。つくづく自分は身勝手だと、遼一は思う。

「背中……流しましょうか」

濡れた顔を拭うふりで、熱くなった目元を隠した。春海の身体を反転させるようにそっと押すと、彼は素直に「ありがとう」と告げて、無防備な広い背中を向けた。

視界を覆う、引き締まった肌に石鹸《せっけん》をこすりつけながら、泣いてしまいそうだと思う。

(大きい、背中)

遼一は春海の背中が好きだった。遠くから眺めるばかりだったそれに穏やかさと、父親としてのたくましさを感じてずっと、憧れていた。

いままでの恋人たちに求めてきたのも、どこかしら父性を思わせるやさしさだった。そのせいで、年かさの相手に一方的に甘えるような関係を求めることが多かった。

そんな彼らとの別れ際、遼一から縋りついていったことは一度もない。むしろ家族を捨てようとされて幻滅し、さっさと帰れと切り出したこともなくはなかった。

結局は、包んであやしてほしいと無意識に、得られなかった父親の影を追いかけていただけだ。だがそれが幻想だということも、遼一はいやというほど知っている。

(あたりまえだよ。子どもと愛人じゃあ、話が違いすぎる)

恋をした彼らがやさしいのは最初のうちだけ。寝てしまえば結局は、ただの男として遼一の身体を好きに扱った。遼一の欲しがった包容力など、愛人に向ける相手はいなかった。そして幻滅し、あるいは泥沼になって別れた自分は、ただセックスにすれた子どもだっただけだ。

春海のことも最初は、やさしそうなひとだと思って好きになった。准をあやしている顔が、本当にとろけるようで、あんなふうに愛されたいと思った、それがきっかけだった。

けれど、こうなってみればいままでの恋愛と、春海とは、まるで違う。

遼一こそが、疲れた顔をする彼を慰めたかったし、そのためにならなんでもしようと思った。らしくもない自分に戸惑いながらも、懸命に努力をし続けたのだ。

甘やかされることも望まなかった。なにをしてほしいと思ったこともない。そして彼の広い背中には、包容力を感じるよりも、熱量の高いときめきを覚えるばかりだった。

ただ、望んだことはひとつだけだった。

(俺だけの……ひとで、いてほしかった)

やさしい父親である前に、自分の前ではただの男でいてほしかった。だから淫蕩に恥知らずな真似もした。極まって感じて、背中に爪を立てた瞬間、きれいな肌に食いこむ自分の指を、忘れないでと願っていた。

「――遼一」

「……っふ……う」

いつの間にか、彼の背中に縋るように手のひらを押し当て、遼一は涙を零していた。こらえきれず漏れたそれにも、春海は驚いた様子もない。

（いやだ。別れたくない……ずっとこうしてたかったのに……！）

徐々に会うことも減って、忘れられていくのなら、いっそのこと、ここで終わりと言われたかった。終わりに、してしまいたかった。

けれどいざとなれば、ただ泣くばかりでそんな台詞《せりふ》を口にさえできない自分がいる。

「今日は……いや、このところずっとおかしかった。……なにが、あった？」

静かに問われて、声を噛んだまままただ激しくかぶりを振った。そんな、やさしくなだめるような声を出す春海を残酷だと思って、それ以上にみっともない自分が嫌いだと思った。

「なんにも、ない」

「なんでごまかす、……？」

振り返り、抱きしめようとする腕から逃げると、そこでようやく春海は驚いた顔を浮かべる。どんな表情でさえもさまになるような、整った凛々《りり》しい顔立ちを眺めながら、それが湯煙と涙に霞《かす》むのが惜しいと遼一は思った。

「なんでもないんです。ただ」

「ただ？」

「春に……なるから」

「なんだそれは。意味がわからない」

近づこうとする春海を制して、腕一本分の距離を遼一は保った。

「准くん、学校……ですね」

「ああ。それが？」

眉を寄せながら、なにか奇妙なものを感じたのか春海の表情も硬くなる。わなないた呼気を吐いて、どうにか涙を納めた遼一は静かに笑ってみせた。

胸が破れそうで痛くて、声が震える。息を深く吸って、吐いて、どうにか声を絞り出した。

「お店、遠くなるし……そろそろじゃないですか？」

「……なにが言いたい」

涙の幕にきらめいた瞳は、ただじっと春海の姿を見据えた。もっとスマートに、彼が負担に思わないように切り出すつもりだった。

けれども、思うよりずっと深く根づいた恋情がそれを許さない。ぐずりと洟《はな》をすすって、さまにならない歪んだ顔で、泣きながら惨めにさようならをする自分が滑稽《こっけい》だ。

それでも、決めたことだと遼一は震えて重い口を開いた。

「一年間、……クーリングオフには、長かったかな」

「意味が……すまない、本当にわからない」

「だから、……だかっ……」

困惑する彼に、遼一はまた言葉を探した。なるべく平静な顔を保とうとして失敗する。そうして、また涙に歪んだ遼一の顔に、はっとしたように春海は目を瞠った。

「待てよ。……おい、まさか、別れるっていうのか」

「あ、はは」

そうして実際、その言葉を春海の口から聞いてしまえばたまらずに、哀しくて遼一は笑ってしまう。どこか壊れたようなそれは、細い面差しにいびつな印象を与えた。

「別れるも、別れないも……。だって俺、お試しでしょう？」

「遼一!?　いったいなに」

ぎょっとしたような春海に、なんだか胸が苦しくなって遼一は目を逸《そ》らしたまま言い募った。

「うん、あの、……ごめん、そうじゃないんだ、そうじゃなくて。いいんだ、それは、俺が言い出したんだし」

「なに、そうじゃないって、なんで」

違うよ、そうじゃないよ。なにも責めているんじゃないんだ。泣きたいわけじゃないんだ。

ぶつぶつと、はっきりしない言い訳を紡《つむ》いだあと、遼一はだんだん耐えきれなくなる。

「ごめんね？　なんか、俺泣いちゃって。みっともなくて」

「なにがごめんなんだ？　わかるように言ってくれ」

ぐっと険しくなった顔の春海につめよられ、遼一はあとじさる。目的の限られたホテルの浴室は無駄に広くて、それでも走って逃げるほどの空間はない。

じりじりと、追いつめられた身体がひやりとしたものに触れた。壁際、シャワーから遠い位置のタイルに背をつけて、うつろに嗤いながら遼一は告げる。

「だ、だからさ……は、春海さんならきっと、すぐいいひと見つかるし」

「そういうことを言ってるんじゃないだろう！」

「……っ、ご、め」

嚙みあわない会話に焦れた春海にぴしゃりと怒鳴られて、身を竦めた。震えあがった遼一に舌打ちをした春海は、逃れるよりさきに長い腕を伸ばし、細い身体を巻きこんだ。

「なんでだ？　どうして急に？」

重くひずんだ声が、耳元で遼一を責める。つらそうに歪んだ頰を押し当てられ、剝《む》き出しの肌に食いこむ指は強かった。

「俺は、なにか遼一を傷つけるようなことを……してたのか？　いきなり、なにも言われずに終わりにしたいほど、なにか、いやなことを強《し》いるような真似をした？」

「そんな……そんなんじゃない、です」

ゆるゆるとかぶりを振りながら、遼一は戸惑っていた。

（なんで、こんなに怒ってるの……？）

多少驚くとは思っていたけれども、予想を遥《はる》かに超えた春海の狼狽ぶりと痛ましい姿に面食らった。ここまで動揺するとは考えていなくて、どうしていいのかわからなくなった。

しかし、続いた言葉に滲んだものに、遼一ははっとなる。

「それとも俺は結局、誰かを傷つけていても気づかないのか？　そういう人間なのか……？」

「あ、……ちがっ」

震える声に、指に、自分のしでかしたことに気づいた。

遼一がいましたことは、かつて史恵が、目の前の男から去ったときとまるで同じ轍《てつ》を踏んでいるのだと教えられる。そして、あのときひどく傷ついた彼の古傷を抉るような真似をしたのだと気づけば、遼一は青ざめた。

「違う、春海さん、春海さんはなにも、悪くないからっ……」

「じゃあなぜ！　どうして急に!?」

そんなつもりじゃなかったと必死に言いつのろうとして、だったらと怒鳴る春海の迫力に圧倒された。

「それはっ……」

まさかこんな展開になるとは思わず、用意していた言葉のどれもが役に立たなくて、遼一は口ごもった。

（どうしよう……失敗した）

沈黙に、春海が顔を歪める。絶望的な表情を浮かべた彼に息苦しさと後悔を覚え、遼一はとっさに高い位置にある頭を抱きしめてしまう。

「ごめんね、違う、春海さん」

「俺だけ、空回ってた？　遼一は……ずっと、いやだったのか」

「違う、ごめん、ごめんなさい……俺の、……俺が」

疲れきった声に後悔ばかりが胸を塞いで、必死に抱きしめた男はもう、遼一の身体を抱いてはくれない。長い脚の両脇、なにかをこらえるように結ばれた拳《こぶし》に春海の痛みを知らされて、なんてことをしたのかと遼一は泣きたくなった。

（そんな顔、させるつもりじゃなかったのに）

面倒になる前に、消えようと思っただけなのに。そして自分がつらいから、逃げたかっただけなのに――こんなに哀しそうな顔をするなんて、思わなかった。

「ごめんね。春海さん、ごめんなさい」

頬を寄せたさきに、春海のこめかみが奥の歯を噛みしめるのがわかった。どうしていいのかわからないまま、わななく腕で抱いた頭をそっと、遼一は撫で続ける。

「やさしいのは、同情？」

「違う……っ」

暗く冷たい声にはっとして、必死になだめようとした指さえ既に届かないのかと思いながらも見上げたさき、見たこともないような強ばった表情の春海がいる。

もう、触れられることさえも苦痛だろうか。そう思いながらも、痛ましい引きつった頰を撫でる指が止められない。

「苦しかった、んです」

濡れて額に落ちた髪を何度も撫で梳《す》きながら、胸の奥に巣くった熱い狂おしい痛みそのもののような声で、遼一は言葉を発した。額から落ちる雫を拭い、どうか強ばりをほどいてくれと願って、手のひらで頰を幾度もさする。

「月に、二回だけ、……なんだか、愛人みたいにセックスだけ、して……それで、いいって思ってたけど」

「……遼一？」

小刻みに震える細い指が与える慰撫《いぶ》の動きに、そうして指先以上にわななく声に、ようやく春海の表情から険しさが薄れる。

「待て。……どういう意味だ、それ」

それでも混乱したままの春海に、自分の言葉は届くだろうか。遼一はさらに続けた。

「春海さんが気持ちよくなってくれれば、それでよかった。ちょっとでも、あなたの助けになるなら俺は、それだけでよかったんだ。……でも」

意図せぬままに唇は笑みを形作って、それは自嘲《じちょう》のために自然浮きあがったものであったけれども、どこまでも遼一を儚《はかな》くした。

「一年、経って、准くんも大きくなって。春海さんも、もうきっと——俺の助けなんかなくたって、……ううん、それは最初から、いらなかったかもしれない」

「助けって、……遼一っ」

焦る声を発した唇を指でそっと押さえ、聞いてくれと遼一は細い肩を上下する。胸を喘がせないと、呼吸ができないのだ。喉が引きつって、声がかすれた。

「楽に、させてあげたかったんです。ただそれでよかった。でも、……でもやっぱりそこまで、俺、悟れなくて、准くんよりもっと、こっちを見てって、言いたくなって……っ」

泣き笑いの顔で告げると、声が裏返った。呆然と目を瞠った春海は、声もない。

「俺、そんなんじゃないのに、欲張るから」

「欲張る、って……」

いったいなにを欲張るというのか。目顔で問う春海に、遼一は深く息をつきながら、言うまいと思った言葉を吐き出した。

「愛してくれと言ったら、あなたは困るでしょう」

ごく小さな声で告げると、春海は押し黙る。

「だから、いままでなら、近所にいたりして、どうでも目について気まずいけど。……もう、准くんも卒園するし、きっと、それなら邪魔にならないから」

だから、終わろうと言ったのだ。せめて負担を減らしたくて。

「そういう、重いの春海さん、いやでしょう？　応えられないものを押しつけるのは、いやだったんだ」

すべてを告げて、遼一は肩で息をする。それ以上に重い吐息が頭上から落ちて、困らせてしまったと感じるともう、身の置き所がない。

「そういうの、知らなかった、でしょう……？　いや、でしょう？」

うつむき、もうこれで最後というように遼一は目を伏せたまま、春海の頬に触れていた指をそっと離そうとした。

(これで、おしまい)

だが、その手首を、強く捕らわれて驚き顔をあげてみると、怒ったような春海がいる。

「……それだけ？」

「え……」

「理由。それだけか？　終わりにするのは、そこが理由か？」

詰問するような口調に戸惑えば、腕を引かれて抱きしめられた。なにを、と困惑のまま見上げる遼一がその行動を問うよりさきに、激しく唇が重なってくる。

「んう……っ⁉」

痛いようなロづけだった。春海の激情と怒りがそのまま伝わってくるそれは、決していままでのような甘やさしいものではなく、文字通り噛みつくような。

「あ、……ちょ、っいや！」

もがいた両腕をひとまとめにできる長い指で背後に縛《いまし》められ、春海の長い腕はやすやすと遼一の尻に伸びる。

（なに、なんで、なにするの）

無防備な丸みを強く、指痕が残るほど摑まれた。ひんやりと感じるのは狭間を晒《さら》すように開かれたからだと気づき、遼一は愕然とする。

「や、春海さん、なに……っ」

「さっきの、出てきてる」

「！　や……いやだ、見ないで。触らない、で！」

指摘されずとも、ゆるんだそこからは春海の残滓《ざんし》がこぼれていくのがわかった。かっと赤面し、もがいても叶《かな》わない。あげく強引に指を突きいれられて、痛みに遼一は竦みあがる。

「いあっ！　……い、いや、いやっ」

「いや？　なにが？」

そのまま掻き出すように指を動かされ、ぐちゃりとひどい音が立つ。羞恥に身体中が染めあがった。

「や……め、やめてくだ、さ……っん、んん、あ、いやぁ……！」

意図のわからないそれに怯《おび》えながら、それでも慣れた肉が疼きを訴えるのは、さきほどさんざんにいじられていた余韻がまだ去らないせいでもある。

（うそ、こんな、こんなので……感じたくない）

こんな状況で反応しかけた身体を羞じて、どうにか身をよじるとまた唇に嚙みつかれ、あまつさえ彼らしくもない、なぶるような声が耳朶《じだ》に響いた。

「知ってる。……遼一は、お尻でいちばん感じるんだろう？」

「ひ、あ……っんな……っ」

「ここを、こうすると……感じて、すぐにとろとろになって、泣くくらい、弱いくせに」

なじるような言葉に顔を歪めると、しかし春海の声は淫靡なものより、どこか苦しさを孕《はら》んでいる。なにか、怒りとはまた違う感情がそこにはあるような気がして、遼一は戸惑った。

「いつもここが、欲しいって言ってて……でも、俺のことばかりよくしようとして」

「は、……春海、さん……？」

なにが言いたいのか。泣き濡れた目で見つめると、春海は深く息をつく。

「きみがなにか、我慢して、抑えこんでるのなんか、知ってた。……ずっと。でも、それを気づかれたくないんだろうと、思って」

言葉を切り、拘束がほどかれる。そして次の瞬間、遼一の小さな頭は広い胸に抱えこまれた。

「いつだって遼一はそうだ。自分がどうしたいかじゃなくて、俺にいいようにってそればっかりだ。気分が塞いでても愚痴も言わない。なにがあったと言っても答えもしない」

「はる……」

長い両腕がやわらかに、遼一のよく知った春海の抱擁を与えてくる。まるで不満でもぶちまけるように、くすぐったく嬉しいことを言われている。どちらも信じられず、遼一は瞬きさえ忘れて硬直する。

「そんなにしてて、どうして俺が、気づかないなんて思った？　邪魔だなんて、重いなんて、なんで考える？」

湿った髪に頰をこすりつけるようにして、春海は呟く。深く低い声は震え、遼一を咎《とが》めている。それなのに、冷えかけていた肌は一息に体温をあげ、違う意味での緊張を覚えた。

「きれいでやさしい子に、こんなに一生懸命大事にされて、それでなんにも思えないほど、ひどい人間じゃないつもりだ」

言葉などなくても、重ねた肌から伝わってきたと、春海は苦く告げて、唇を寄せた。心臓が止まりそうで、呆然と遼一は目を瞠る。

「俺だって、遼一を大事にしたい。楽になりたいからってだけで、利用してるわけじゃない。

ただ……遼一が俺を甘やかしてばかり、いるから」

結果、とてもきみの側《そば》は心地よかったけれど。かすかに苦笑している表情に、遼一は胸の奥に空いたうろのようなものが塞がっていくのを感じた。

「大体、いいひと見つかるったって……遼一がいるのになんで、そんなもの探さなきゃいけないんだ」

「は……るみ、さ……」

「俺に、これ以上の人材をどうやって探せっていうんだ。遼一よりきれいで遼一よりやさしくて、遼一みたいに……ばかで健気《けなげ》な子を、どこでどうやって？」

いるわけがないんだ、そんなもの。きっぱりと言いきる春海は、遼一の顔を両手で包む。

「っ……」

頬を唇に撫でられ、そこがシャワーの飛沫《しぶき》のせいだけでなく、濡れていることに気づく。

自分が泣いているのだと、そのやわらかい仕種に教えられ、慌てて逸らそうとした顔を強く、手のひらが咎めた。

「隠すな。……隠さないで、いいから」

ひゅう、と喉が音を立てて、嗚咽がこみあげる。みっともないから見ないでと、そう告げたくても声にならず、せめて隠そうと泣き顔を広い胸にこすりつけると笑われる。

「かわいいね、遼一。……はじめて泣いた」

「うそ、……そんな、の」

くしゃくしゃに歪んだそれが、かわいいはずもない。第一、そんな睦言めいた囁きを春海にもらうのもはじめてで、舞いあがりそうな自分を遼一は羞じた。

「なんで、嘘って言う？　遼一、自分の顔知らないわけじゃないだろう」

恥ずかしい、と身体をよじっても逃げられない。

「ほんとにかわいいよ」

「や……！」

ぞくりとするような声で囁かれる。声だけで身体中が濡れたような気がして、血ののぼった顔を両手で覆えば、なにしてるのと笑われる。

「きれいな子だって、ずっと思ってた。……はじめて、見たときからだ」

「う、……んっ」

もう一度、嘘だと言いかけた唇を塞がれて、ゆったりと吸われて力が抜ける。綻びた唇からの吐息、その中に混じる愉悦を隠せないまま戸惑っていると、なだめるように肩をさすられた。

「史恵に言われたことで、ずっと言ってなかったことがある」

「な、に……？」

「ホモじゃないかって、言われたとき。もうひとつ指摘された」

ふんわりととろけてしまったのは思考も視線も同じで、無防備な瞳で見上げたさきには、少しだけばつが悪そうに笑う春海がいた。

「あいつは――そのとき、きみのことを言ったんだよ」

――あたしよりよっぽど、ボガードのあのきれいな男の子のほうが、いいんでしょう。

――あなたの好みの顔だと思うもの。ああいう子のほうが、ほんとは好きでしょう？

史恵の爆弾発言に、遼一は涙も引っこんだ。かちんと固まって、あまりのことに頭が真っ白になる。ようやく我に返ったころには、しっかりと春海の腕の中だった。

「な……なんで、そんなこと、奥さん……」

「……見てたから、だろう。俺が、遼一ばっかり」

「見て……って、なんで？」

さすがに気が咎めるのか、苦い声で呟いた春海は顔を見られまいというのか、遼一を抱きすくめてしまう。

「なんでって、まあ。……史恵のほうが鋭かったってことだろう」

「そんな……」

けれど、信じられない告白に面食らったままの遼一は、ゆるくかぶりを振るしかない。

遼一の濡れた髪を撫でる春海は、身じろぐ身体を離すまいというように腕を強め、ぽつぽつと言葉を紡いだ。

「史恵に指摘されて、でもわけがわからなくて、二丁目まで行って。……そこで遼一に手を引っ張られて、驚いたなんてもんじゃなかった。暗がりから手を引いて、連れ出してくれたのが遼一だって気づいたときには、だからすごく、焦って——」

あの日振り払ってしまったことを悔やむように、指を絡めて手を握られ、遼一はまた泣きそうになる。

「気持ち悪かったんじゃ……なくて？」

「違うよ。情けないけど、なんだか……恥ずかしかったんだ。手を、繋いだことが」

無意識に、それでも好きだった子と手を繋いでいる自分に気づいて、なんだか手のひらが汗ばんで。それを悟られるのが、まるで少年のように気恥ずかしかったと、春海は照れたように言った。つられて赤くなりながらも、繋がれた指をしっかりと遼一は握り返す。

「どうしようもない男のこと、一生懸命、慰めてくれて。考えてたとおり、やさしい子だって思って嬉しかった」

はじめてちゃんと話をして、間近で見た遼一はやっぱりきれいで、不躾《ぶしつけ》に見惚《みと》れる自分を律するのが大変だったという春海に、遼一は赤面する。

凝視されていたのは、なにか縋りつきたいものがあるからだと思っていた。状況も状況で、だから遼一だけが頼りなのだと、そう訴えていると思いこんでいたのに。

「なのに俺のほうはただ、情けなく動揺してるばっかりで。本気で落ちこんだよ。なんで、好きだと自覚したばっかりの子に……離婚相談とセックスの事情まで話してるんだかって」

「しょ……しょうがないでしょ？　あのときは。春海さん、へこみまくってたし」

情けなくてしばらく自己嫌悪の嵐だったと呟く春海をフォローすると、彼はどうしてかため息をつき、遼一の肩に顎を乗せる。甘えるような仕種をされると弱くて、思わずその頭を抱きしめた。

「ただ……まさかあんなふうに、誘われるとは思わなかったけど」

「――軽いって、思った？　いきなり、誘って」

そこがいちばん怖い。かすかに怯えて上目に問うと、春海は微笑んだ。

「思わないよ。ただ、……悔しかったかな」

「なんで？」

あやすようにこめかみに口づけられ、嘘じゃない響きに遼一はくすんと鼻を啜る。

「きれいで性格もよくて……セックスも上手で、多分この子はもてるんだろうなって、そう思ったから」

「べ、べつにモテてなっ……あん」

それが悔しかったと、なめらかな脚から尻までを撫でながら春海は呟いて、ほの暗い情念が見え隠れする言葉と卑猥な手つきに身悶《みもだ》え、遼一は目を閉じる。

「それでもあのころは、煮詰まってて、甘えるしかできなくて――気づいたら、遼一にはなんだか一線置かれてる。それでもいまさら、そこを踏み越えていいのかわからなかった」

　これ以上甘えて、嫌われたくなかった。呟く春海に、胸が痛くなる。

「そ、んな……嫌ったり、しなっ……」

　ゆるやかに濡れた肌を撫でながら、自戒をこめて呟く言葉にただ首を振り、遼一は広い背中に腕を回す。かたくなだった遼一の抱擁に、どこかほっとしたように春海の気配もゆるむ。

「でも、俺はとっくにつきあってるつもりだった。遼一も少し遠慮がちだけどいつかわかるだろうって……終わりにする気なんかなかった。それでも、言葉が足りなすぎた。反省してる」

「ふ……っ」

　髪を頬を撫でる指は、不確かなもの以外なにも与えられないと焦れているようだ。触れた場所から伝わってくる真摯な熱情に、なぜいままで気づかなかったのかとさえ思う。やさしさを、適当に振りまけるひとではないことくらい、とっくに知っていたのに。そんな春海だから好きになったのに。

「愛人みたいなんて、思ったこともなかったよ。ただ、忙しいのは実際だったから、都合もつかなくて……こちらにあわせさせて、すまないとは思ってた」

「うん。もう、いい。気晴らしになってたんなら、嬉しかったし」

「……それも、少し違うんだが」

気まずそうな彼は、口ごもったあとにぼそぼそと言った。約束の水曜日、春海の顔が浮かなかったのは、ただ准を預けたことに落ちこんでのことばかりではなかったのだそうだ。

「准を向こうに預けるのはたしかに複雑でもあったよ。でも……会社を休んでても、遼一に会えると思って少し浮かれてたのは事実だ」

「え？」

「そんな自分がどうしようもないと思って、照れくさいのもあったり……あと、いつも遼一はドアを開けるなり心配そうに見てくるから、俺ばかり浮かれてるのも恥ずかしいし」

そのおかげで複雑な顔になってしまったところもあると、かなり恥ずかしそうに春海は言う。拍子抜けするような気分で遼一が口を開けていると、ごまかすように口を塞がれた。

「呆れた？」

「いいえ。……ちょっとびっくりしたけど」

会えると思って浮かれてくれたのか。そう思ったら顔が熱くなってうつむくと、そろりと長い指が頬を撫でる。

「ほかの日も会えたら、本当は嬉しかった。でもきみは土日は休みじゃないだろう」

春海は、自分のためにもう少し時間をくれと言ってもいいのか、迷っていたのだそうだ。

そもそも、月に二度もこういうことをして、まだ足りないかと呆れられるのも怖かったと、春海は苦笑を交えて言う。

「それに遼一にこれ以上迷惑をかけてもと、これでも考えたんだが……ああ、それも甘えだ。言い訳だな、すまない。ちゃんと言ってなかったのは俺が悪い」

「ううん。もう、いいです……」

そんなのは、もうどうでもいい。しがみつき、もらえるはずもないと諦めていた言葉を受け止めて、遼一は涙をこらえた。

それでも、許すように背中を撫でられるとせつなくて、大きくしゃくりあげてしまう。

「本音は、遼一がいいなら、毎日だって抱きたい。そんなんじゃなくても、一緒にいてくれれば嬉しい。遼一と話してると俺は、ほっとする。……むろん、きみがいやじゃないなら」

「……っじゃ、な……っ」

いやじゃない。そうしたい。春海の言葉に答えたいと思うけれども、喉が詰まって声にならず、ただ壊れたように遼一は頷いた。

紅潮して歪んだ顔を幾度も啄《ついば》んで、春海はそっときゃしゃな身体を抱きしめなおす。

「愛してるって意味がわからないなんて、ばかなことはもう、言わないから」

「！　……っう」

「だからもう、泣かないでくれ」

困ったように告げられて、懸命にこらえても止まらない。

その言葉の重みは、多分春海と遼一のふたりにしかわからないもので、だからこそ告げられたそれに、いっそ哀しいような幸福感が襲ってきてよけい泣けてくる。

「っお、れで、い……の？」

「遼一がいい。……信じられない？」

「しんじ、る……っ」

泣くだけ泣いたあと、高揚に喉を詰まらせながら、背中をあやす手のひらに遼一はかたくなな心をようやくほどく。

「言っても……い？」

「うん？」

「ずっと……好きで、俺、春海さんが……っ」

うわずった声の告白の合間、息が止まりそうな抱擁は訪れる。

「す、すきって、言っちゃいけなくって、でももう、叫んじゃいそうで、苦しくって…っ」

「……遼一」

「そ、れで、それで、俺のこと、俺のことも、好きに……っ」

嗚咽混じりの声を発する唇を、奪うように塞がれる。言葉ではなく応えるかのようなその強引さには、止められない春海の情熱を教えられるようで嬉しかった。

「ちゃんと愛してるよ。きみが俺にくれた……それ以上に、たぶん」

口づけの合間に、熱のある声で囁かれる。かつて、史恵に愛情がないと罵《ののし》られ、困惑したときの弱さなど、春海はもうどこにも見せなかった。

(嬉しい)

しっかりとしがみつく腕に応える抱擁が、苦しくて甘い。このまま離したくない——と目を閉じていれば、ふっと春海が息をつき、いたずらするように耳を噛んできた。

「どうしようか、遼一」

「ん、ん……っ、な、に……？」

ぴたりと重なった身体で、お互いがなにを求めているのかなど言葉にしなくてもわかる。

ゆるやかに撫でるだけだった手のひらは、脚から這いあがって震える肉を摑み、狭間を割り開いてぬめりをたしかめた。

「かわいくて……壊したくなる」

「……っ、い、いよ……？」

耳朶《みみたぶ》をきつく噛まれて、余裕ない声に告げられ、かまわないと頷く。しかし苦笑した春海は、まるで焦らすように「いいのか」と問いかけてきた。

「こういうとき、俺も……きみの流儀になるべくあわせるように遠慮してたけど。そんな余裕もなさそうだ」

「え、遠慮って……そんな」

春海の顔に、見たこともない色が浮かんでぞくりとする。なんだかいま、怖いことを言われた気がするのは気のせいか――と眉をひそめた遼一に、春海は言った。

「最初があれだったから、よけいにね。勝手なことしたら、遼一が怒るかもしれないし……嫌われるのは、もっと怖い」

初心者だからと笑う春海の言葉はおよそ、その表情に似つかわしくなく、少し意地悪な王様の顔をしている。

「き、嫌ったり……しないです」

逆ならあり得ることかもしれないけれどと思いながら、遼一はゆるくかぶりを振った。

「なにされても、いい」

「そうか？　本当に？」

不安げな表情を浮かべるくせに目の奥で笑う春海は、遼一が思うより本当はずっとしたたかで、ずるいのかもしれない。でも、そんな彼にいままで以上に、胸がときめいている。

「けっこうすごいこと考えてるかもしれないのに。……それでも好きに、してもいいの？」

「うん。いい……です」

本当にいやなことはしたくないけど、とやわらかい手つきで腿《もも》の内側を撫でられて、小さく喘ぎながら遼一は頷くしかない。それ以上に、彼の唇が紡いだ「すごいこと」を、本当はとっくに期待している。

「ひどくして……泣かせるかもしれない」

そんなことを言いながらこんなにやさしく触れてくる春海に、本当の意味でひどいことなどできるわけがないと、遼一は知っている。

「べつに、……強引に、……されるのとか、いやじゃないです」

「そうなのか？」

かまわないかと吐息だけの声で囁かれると、とろとろと熱いものが腰の奥にたまるような錯覚さえあって、だから朦朧《もうろう》としたまま、遼一の唇は震えながら言葉を紡ぐ。そこかしこを大きな手のひらで撫でられて、ひとり高ぶっていくほうがよほど、恥ずかしい。

「も、……もっと、ほんとは……」

「本当は？」

「あの、変な……意味じゃなくて、いじめられたり……されたい」

言った瞬間には頬が火を噴くかと思った。自分はなんてばかなことをと慌てて顔を隠そうとした遼一に対し、春海はどこか余裕の顔で笑うばかりだ。

「いじめられるのが好き？」

「や……も、言わないでっ……」

いやらしいね、と笑われて頬が熱い。どういうふうにされたいの、と耳元に囁かれて、ぞくぞくして——奥がきゅうっと竦むのがわかった。尻を撫でていた春海は当然気づいて、くすくすと喉奥で転がすように笑う。

「なにしようか、遼一」

「そんなのっ……自分で考えてください……！」

あげく意地悪に問いかけてくるから、知ったことかと叫んでしまう。

「そう、じゃあ……好きにする」

笑った気配にはっとしたときには遅く、焦らすように撫でられるばかりだった場所の奥に、指先が侵入をはじめていた。ぬるり、ぬるりとくすぐるような入れかたも、立ったままの愛撫も知らないから、ひどく感じて戸惑う。

「あ、あ……！」

「ここでいい？　ベッドに戻る？」

それだけは選ばせてあげるから、と囁かれ、開かれる肉の感触に惑いながら、遼一は答える。

焦れったく、いますぐ欲しいけれど、高ぶった春海を、受け入れたいけれど。

「ベッド……が、いい……っ」

こんなに求めていてはきっと、一度で終わらない。だったらゆっくり横たわって、うんとたくさん、ひどくされたい。濡れた目で訴えて、伸びあがったさきにある顎を、誘惑の仕種で噛む。

「……あっ？」

次の瞬間タオルにくるまれて抱えあげられ、望んだ場所へと運ばれた。

スプリングの上に放り出され、遼一が目を丸くしているうちに、どうにか肌を覆っていたタオルを強引に取り払われる。

「は、春海さ……っ」

「なに？」

いきなり足首を摑まれ、唇を押しつけられて眩暈がする。

やさしい声とやわらかな笑みは変わらないのに、春海の気配はどこか危ない。指さきはどんどんきわどく滑って、膝を曲げたまま両脚をいっぱいに開くように押さえつけてくる。

「こ、んな格好……っ」

「苦しくないだろう。遼一は、身体やわらかいから」

「や、なに……っ、なに、するの」

知っているよと言いたげなそれに唇を嚙むと、広げた腿に音を立てて口づけられた。

「あ……あっ、やだ、なんで……っ」

そのまま強く、痛いほどに吸いあげられると、鬱血の痕《あと》が残される。ささやかな刺激なのに、遼一のむき出しになった性器がその瞬間ひくりと反応したのを、春海はどこか楽しそうに見つめてくる。

「もう濡れてる」

「や……！」

そろりと指摘された箇所を撫でられ、言葉通りのぬめりを掬《すく》われる。こっちも、と奥まった箇所を撫でられ、呻《うめ》いてかぶりを振るとそのまま、指が入ってきた。

「さっきのが残ってる」

「い、や、んー……っ、やっ」

シャワーでは流しきれなかった残滓をかき混ぜるようにされて、さきほど春海に注ぎこまれたそれが溢れる。粗相をしたように恥ずかしく、それだけに感じて震える姿を逐一見つめられて、やめてくれと遼一はしゃくりあげた。

「しないで……しないで……っ！　出ちゃう、そこから……っ」

「出してる」

「ひ、いや……！」

顔を近づけられ、狭間にぬるりとしたものを感じて、もがいた脚が空《くう》を蹴る。

「あうん、あっ、いやっあ、……それ、それいやっ」

両手で押し広げられた場所を蠢くやわらかいものが春海の舌であることなど、見なくてもわかった。逃げようと半身を起こして身体をよじり、しかしそうするほどに強く抉ってくる舌に負けて、力無く倒れたさきには春海の長い脚がある。

（ぬるぬるになる、そこ、そんなに、そんなに……！）

きれいな筋肉の張りつめた腿に縋りつく。長い脚の間にあるものが、さきほどより張りつめているのを間近に見つめ、くらくらになった遼一は思わず固く熱い性器を握りしめた。

「遼一。いたずらするなら、乗って」

「う……んっ、やあ……はず……かし……っ」

「いいから、ほら」

気づいた春海が笑いながら軽く尻を叩き、とんでもないことを促してくる。いやだと言いながら逆らえず、遼一は彼の顔をまたいだ。

「どうしてこんな、……こんなの、するんですか」

振り返り恨めしい顔で睨《にら》めば、言っただろうと春海はにべもない。

「すごいこと、してもいいんだろう？」

「い、言った……けどっ」

いくらなんでもいきなりこれは、ハードルが高い。遼一は春海にそこを舐められたことさえ、一度もなかったのに。

「春海さん、こ、……こういうの好きだった……？」

「したことはないけど、興味はあった。遼一はなにもさせてくれないしね」

意地悪な笑みを見ていられず、逸らした顔の前には、熱く滾《たぎ》った春海があった。なんだかそれが、いつもよりも大きくさえ見えて、遼一はたまらずに熱っぽく吐息する。

（興奮、してる……？）

イメージとして、春海は割とノーマルな性交を好むのだろうと思っていた。それに遼一と出会うまで、口淫さえも知らなかったはずなのだ。なんだか裏切られた気分がすると唇を尖らせても、卑猥な手つきで撫でられる脚に力が入らない。

「言っただろう、遼一が考えてるより俺は、いやらしいよ」

嫌いになるかと問われて、かぶりを振る。いきなりでびっくりはしたけれど、少しも胸が冷えることはない。遼一にしても、こんな春海に幻滅もせずむしろ、意外な行動に淫らに胸が騒いでいるのだからどうしようもないと思う。

「ずっと、してみたかった。遼一に」

「や……っ」

そんなことを言われると、ただ恥ずかしくも嬉しくなってしまう。言葉やシチュエーションだけでも意識が遠くなりそうなのに、そのうえ春海はいっさいためらわず、遼一のそこに唇を寄せた。

「ふあ、あ、ああ……！　だ、めぇっ」

大柄な身体の上に乗りあがらされ、指で尻を犯されながら、反り返った性器を吸われたり、そんなことをそれこそ『してみたかった』のは遼一のほうだった。けれど、あさましすぎるこんな行為はとても彼にはねだれなくて——なのにいま、翻弄されているのは遼一のほうだ。

「あ、やあ……そ、こ、そこ、いっ……いや、やだっ」

大きく開いた口にくわえられ、あちこちを軽く噛まれながら指を入れられた。少し痛くされたり恥ずかしいほうが感じるのはすぐにばれて、わざと音を立てたり噛みついたりされるから、遼一はすぐに泣きわめく羽目になる。

「も、やあ……もういや、やだ……！」

「舐めるのいや？　……こっちは？」

鼻を鳴らして眼前にある春海へ吸いつき、同じようにされながら、長い指を締めつける。深い部分でくすぐるようにされると、疼いた腰が揺らぎ、立てた膝が崩れてしまいそうになる。

「んー……っ、ゆび、い……っん、んっ！」

それでも春海の端整な顔の上に、膨らんだ性器を押しつけるようなことは恥ずかしくてできない。精一杯腰をあげ、避けようとこらえる端からまた内部を攪拌《かくはん》され、いたずらに官能は引き延ばされた。

「ふぁ……あっ、あ……！　ぐちゃぐちゃ、しちゃ、だめっ」

「いやでも……するよ。遼一も、して……」

「んんん、も、……む、りぃ……」

息があがってくわえることもできなくなり、犬のように出した舌で春海の滲ませるものを舐め取るばかりになっていると、伸ばされた長い腕は鼓動に震える胸を撫でてくる。

「んあっ、春海さん、だめっ、引っ張っちゃ、だめ……っ」

摘《つま》んだ小さな突起を強く引かれて、びくりとよじれた腰の奥が、春海の指を食いちぎるほどに食《は》んだ。

「遼一……痛いよ、締めすぎ」

「ごめ、ごめんなさ……っあ、あーっあーっあーっ!!」

咎められて力を抜けば、見計らったように指を抜き差しされる。淫猥な音を立てて内壁をこすりあげるそれは容赦なく、がくがくと震えて、遼一は泣き声をあげた。

「だめ、いっちゃうっ、いっちゃうからっ」

もう腕にも脚にも力が入らず、遼一は春海の身体から崩れ落ちた。そのまま、恥ずかしい角度に脚を広げられ、さらに指を足されて悲鳴をあげる。

「だ……っめ、いくっ、春海さ、いっちゃ……っ」

「触ってないよ……?」

「ん、んっ、だって、あ、そんなっ、いれてるのに……っ」

指摘された通り、震えて濡れそぼった遼一のそれには、なにも触れてさえいない。それでも、奥まった場所を捏《こ》ね回すようにされては、身悶える以外にないだろう。

かくかくと、腰だけが恥ずかしく動く。指で犯されてはしたなく震えて、遼一は啜り泣いて感じいる。

「あ……あっ、春海さ……はるみ、さん……っきも、ちい……っ」

「かわいいね。こんなに感じやすいのに、いつも我慢してた？」

それでも、物足りない。どこかもどかしく、意味もなくシーツの上を滑った腕が、春海の長い脚に触れた。這うようにして手を伸ばし、目的のそれを握りしめながら、干上がったような喉を嚥下して早くと遼一は請う。

「ゆ、び、やだ……っ」

これをちょうだいと卑猥に腰をうねらせ、彼を捕らえた指でもせがむ。濡れた先端をくすぐりながら唇を舐めると、春海も片頬を歪めて吐息した。

「ほんとに、遼一の過去にはかなり嫉妬するよ、俺は」

どこでそんな手管《てくだ》を覚えたのかと問われても、知ったことかと遼一は眉を寄せる。こんなに淫猥な気分になったことも、獣じみた快楽を欲したことも、春海以外にないのに。

「も、そんなの、ないっ……はや、く……っ」

指を引き抜かれて震えあがった尻を、濡れた手が押し広げてくる。期待に総毛立った遼一は、鼻を鳴らして春海の背中をたぐり寄せ、あてがわれるよりもさきに腰を押しつけた。

「せっかち。少し落ち着いて。入れられないよ」

「だ、て……や、も……っ」

さすがに苦く笑った春海に恥じらいながらも、焦れていた身体は止まらない。第一、指と舌でさんざんにいじめられたその場所はもう綻びきって、なにかで埋めてもらわなければおかしくなってしまいそうだった。

「ほし、……春海さ、ほしいからっ」

いやらしいことをしてくれると言ったのに、いつまでも焦らすほうが悪い。

「ちょ、だい……それ、ちょう、だい」

「ぞくぞくするね……そんなこと言われたのははじめてだ」

言わなくても、とっくにわかっているくせに。濡れた目で睨みながら、急いた身体が勝手に浮きあがって、春海の先端を飲みこんだ。

「あっあっん、おおき……っ」

「っ、と……」

とろけきった肉が開かれる感触に、じん、と指さきまで痺れた。乱れた脈がそのまま粘膜を疼かせて、誘いこむように蠢く腰を止められず、遼一は渇望するそれを体内に吸いこんでいく。

「まったく、遼一には……いつも、負けそうだ」

「やだぁ……」

想像しているよりも——などと言ったくせに、春海は余裕で涼しい顔だ。これではいやらしいのは自分だけじゃないかと遼一は泣きたくなる。そのくせにうねうねと食いつく腰が止まらなくて、ゆるく穿《うが》ってくる春海のそれを、しゃぶるように粘膜が包んでしまう。

「すごいね、激しい」

「や……？　い、いや？」

吐息混じりの声に、呆れていないだろうかとふと怖くなったけれど、窺《うかが》うような視線のさきには、どこまでも許す表情で笑う春海がいて、ほっと息をつく。

「いや。いいよ。いやらしくて……かわいい」

「ふ、うっ？　ん、ん……っ」

切れ目なく甘い声を漏らす唇に指を含まされると、舌をくすぐる硬い指にさえ感じた。

「こういうのもずっと、我慢してた？」

問う声が少しせつなく響いて、遼一はその指を噛んだ。痛い、と苦笑する顎にも歯を立てると、体内の春海がまた膨れあがる。

「はる、春海さん、……して、もっとして、もっと……」

「もっと……こう？」

あさましいとも思いながら、ひくひくと春海を締めつけてしまう身体が止められずにいると、不意を打って強く、押しこまれた。

「あぁあっ！　あ、すご、いっぱい、なっちゃう……っ」

「遼一……っ」

濡れた声で感じ入ると、春海の背中が震える。そうして深くまでを奪われたまま、激しく揺さぶられて悲鳴があがった。

「あ、ひ……っああ、ああ、……ん、あ！」

濡れて膨らんだような粘膜が、こすりあげてくる春海に絡みついて引きずられそうになる。ねっとりと潤んだ場所は爛《ただ》れたように熱く、遼一はたがの外れたような喘ぎを漏らし続けた。

「……いい？」

「い、い……すっごく、い……っ」

ぬるんだ肉をかき乱され、しがみつかなければ振り落とされてしまいそうで、必死に広い背中に縋った指が赤い痕を残す。

しがみつく、春海の背中は広い。このぬくもりがいまは自分のものと思えば、うっすらと笑みさえ浮かんで、しかしそれは春海の不興を買ったようだった。

「なに考えてる？」

「ふぁ、や……っ！　はあ、んっんっ、あっあっ！」

笑うなんて余裕だなと、遼一を咎めるように、腰骨に指を嚙ませた春海が声と同時に揺さぶりをきつくする。そうじゃないとかぶりを振っても許されず、意地悪く胸をなぶられて、遼一は泣き声をあげる羽目になった。

「はる、みさ……っ、か、噛まない、で」

「痛い？　……集中するか？」

「んんー……っする、する、からっ……あっあっ、あ！」

自分にのしかかり、荒い息を吐いて顔を険しくする男にしゃくりあげて訴えながら、痛いほど肌を噛まれて感じている。

「いじ、わる……っ」

「嫌いになる？」

「ずるい……っひどい、ひど……っ」

赤くなった瞳で恨めしげに睨めば、眇《すが》めた視線が笑っている。ひっそりと声を落として囁く男に、どうして今日はそんなに意地が悪いんだと、お返しに肩を噛んでやった。

そうして、そんな甘えた仕種に満足げに息をつく春海には、遼一は気づかない。

「半端な抵抗はね、遼一。却《かえ》って……煽られるよ」

「あっ……あっんっ！　いや、ひっ、ああ！」

噛み癖をたしなめるように深く穿たれ、遼一は喉を晒して悲鳴をあげた。シーツに縫いつけるようにもがいた両腕を押さえられ、細い脚は逞しい肩に担ぎあげられている。

「あ……い、く……いきた……いっ」

「いいよ、出して……見せて」

声もかすれ、揺さぶられるままに骨のなくなったような身体をやさしくいじめられて、啜り泣く耳元に低い甘い囁きが届く。

(ああもう、そんなにしたら、もう……もう)

春海の激しさを表すように頼りなく空でもがく自分の足先、それと同じように勃ちあがり震える自分の性器が律動にあわせて揺れるのが卑猥だ。

「こすって……ぇ、ここっ、して……」

「嚙んだから、だめ。……これだけでいって」

春海は震えきった先端から間欠的に吹き出す体液を軽く拭うだけで、すぐに手を離した。

あげく、ねっとりとしたそこを眺められながら、これだけで終わるようにと腰を動かされた。

「そ、なのっ、むりっ……あ、あ、かたい……っあたるっ」

「無理じゃないだろう。……俺で、いって?」

ひどいとなじれば懇願の響きで囁かれ、本当にずるいと思いながらも感じている。

(だって、嬉しい。こんな激しく……欲しいって、言われてる)

春海の声と、あたたかい吐息が耳を掠めるだけでも骨までとろけそうで、そんなことはもうとっくに知っていると微笑む目元は、あのうつむきかげんの控えめな表情ではない。

「……るい、春海さ、ずる、い……っ」

「なにが?」

獰猛に淫靡に映る笑みが、まっすぐに遼一を捕らえて離さない。おまけに身体の中をどろどろにかき回されて、どうやって逆らえばいいのだろう。

「いじめられるの、好きなんだろう？」

「も、う……っ知らな、……あう、ん……っ」

あげくに言質《げんち》を取られて、どこにも逃げ場がなくなった遼一は赤く染まった頬を背けるしかない。せめてもと春海を強く締めつけたけれど、それはいたずらに自分を追いつめるだけのことになる。ぬかるんだ襞《ひだ》が春海のそれにまとわりつき、ねっとりと絡んで悶えてしまう。

「も……お、だ、めっ、だめっ」

「だめ？　もう？」

「あ、中っ、ぐるぐるして溶けちゃう、とけ、ちゃ……っ」

ぴっちりと春海に吸いついたそこが、彼の形をはっきりと遼一に教えこんで、そのまま腰を回されるともうひとたまりもなかった。

「ゆっくり……する？」

「やっ、いやっ、も、もっと……っ」

淫らに叫んで浅く息を切らしたまま、縋りついた腕で春海の頭をかき抱《いだ》けば、どちらからともなく唇が触れあった。

「ん、んぅ、んーっ、んっんっ！」

噛みつくように舌を啜ると、同じ動きで下肢を強く揺さぶられる。律動と同じ動きで舌先を互いの中で遊ばせて、こんなふうにもっと強く、激しくしてほしいと言葉でなく遼一は訴えた。

（もう全部、くっついてる……ぐちゃぐちゃに、混じってる）

ぬめった音が二つの場所から同時に響いて、遼一はもう自分の身体の形さえもわからなくなっていく。ぐずぐずに溶けきって、皮膚の境目もわからなくて、骨さえなくなったような身体の中で春海の硬く熱いものだけがたしかに存在している。

「は、るみさっ、あっ、おっき、……っ！」

爆ぜるように反り返った身体で口づけが解かれた瞬間、体感をそのまま口にすれば幼く語尾が崩れていく。

「苦しい？　いや？」

「ちが、おっきいのいいっ、……いぃ……！」

気遣う声にかぶりを振り、恥ずかしい言葉でねだった。そうすればそのまま春海は願いを叶えてくれるから、甘ったれた喘ぎはどこまでもエスカレートしていく。

（感じてる。全部、いっぱい……）

春海を満たすことを優先して、いつでも自分の快感はセーブしてきた。興ざめしない程度に乱れてみせながら、どこかで引け目を感じるように冷めていた。

それだけにいま、乱れる自分が止められない。痛いほど注ぎこまれるばかりの愛情も快感も持て余して、脳の奥まで犯されているような感覚に、遼一はもう我を忘れた。

「きも、ちい、あ……どうし、よ、ああっ」

淫猥な自分の声にさえも酔ったまま、かぶりを振って訴える。乱れた髪を梳いた春海が頬を啄み、耳を噛んで胸を撫でる。舌を出したまま口づけて、体感の全部を共有しようと必死になり、お互いにぶつけあった情欲は、駆けあがるようにして沸点を越える。

「いっちゃう、いっていい？　もう、いっていい？」

「いいよ……いって、遼一」

啜り泣いて、甘えた。支配するような抱き方をされて喜んで、感覚のすべてを春海にコントロールされるまま、遼一はすべてを解放する。

ずっと、こんなふうに——全部を春海のものに、されたかった。逃がさないと抱いてほしかった。どんなに意地悪くされてもいいから、もっとよこせと食べられてみたかった。

「い、いじめて、そこっ……ああ、そこ、そこぉ……も、もっと、もうっ」

なにがなんだかわからなかった。なにを口走っているのかも定かではなかった。ただ頭の中も腰の奥も、心の中もぐちゃぐちゃになって、ひとつに溶けて、膨れあがる。

「いあ、んあ、で、ちゃうっ、あ、……い、いく、いくっ！」

「——っ！」

触れられないままの場所から、粘った熱い塊が飛び出していく。同時に、震えた春海から注ぎこまれて、奥深く濡れてわだかまったなにかが、遼一を壊した。

（あ……出てる……でて、る……っ）

官能という酸が、じわじわと体内を溶かしてしまう恐怖に怯えながら、貪欲に蠢く粘膜は春海のそれを啜りあげる。

「遼一、まだ気持ちいい？」

「あっ……あ……っうんっ……」

いつまでも物欲しそうに動いてしまう腰が恥ずかしく、それでも止まらない。爪先にまで粘ついた愉悦は染み通って、濡れた肌にこぼれる荒れた春海の吐息さえも、もはや愛撫にしかならない。

「春海さん……っ、はるみ、さ……っ」

「なに？」

到達のあとにもいつまでも感覚が残ったままで、終わりきれないそれに怖くなりながら、遼一はしゃくりあげた。

「終わん、な……ほし……っ」

「欲しいの？」

「ん、……っと、もっと……」

跳ねた飛沫は春海の首筋にまで届き、それを舌に舐め取りながら、潤みきった瞳で遼一は誘うように見上げる。

離れたくない、と呟けば、差し出した舌を噛まれる。ぞくりとしながら震えあがると、春海もまた自分を欲しているのだと触れあった身体で感じられた。

「ん……っ」

長く深い口づけを交わしながら覆い被《かぶ》さる背中を撫でると、かすかに引っかかるような感触がある。爪痕は深く長く、彼が遼一に与えた官能と、そして自分の執着の深さを表すようで、かすかに肌が粟《あわ》だった。

「痛い……？」

「いや」

静かに撫で続けても、春海はただ困ったように微笑むばかりだ。代価として与えられる痛みなど、彼はとうに知っているとその表情に教えられた気がして、遼一もなにも言わず、笑んだ唇に口づける。

あとはただ、求めるままに絡みあう身体で、互いの熱情をたしかめあうだけだった。

＊　＊　＊

ひとを、契約でなく、書類でなく、ただ慕わしい気持ちひとつで繋ぎ止めるもの。証明するのに難《かた》い、愛情というものを形として知らしめるものはなにもない。

けれど少しだけ立ち止まり、目を凝らせばそこにたしかに存在するのだろう。

うつむいた笑顔、憧れるばかりだったそれをいま、吐息の触れあう距離で見つめることができる。

そして、理想でなく、遠い憧憬《しょうけい》でなく、あたたかな重みを感じる自分だけの恋人を抱きしめて、わかちあう時間の幸福を、噛みしめた。

愛情証明書

今日はもう帰りますね、と告げた安芸遼一《あきりょういち》の控えめな笑みに、皆川春海《みながわはるみ》は胸が苦しくなる。

自宅の玄関先、帰り支度を済ませてさっさと立ちあがった年下の彼に、どうにか留《とど》まってくれないかと未練がましく思いながら、問いかけた。

「泊まっていかないのか？」

「准《じゅん》くんも寝ちゃったでしょう？　いまのうちにこっそりね」

し、と細い指を立てる唇が、かわいらしく窄《すぼ》んでいる。ちょっと見た感じはクールな美形に見えるのに、遼一の仕種《しぐさ》はときどき子どもっぽく、それが甘い色気に通じている。

きれいな指をとりあげて、やわらかい唇にキスをしたい。そう思うけれど、春海の思惑を見透かしたように遼一が釘を刺すからなにもできない。

「明日も仕事だし。ここらへんで帰らないと。このへん、バスも終わるの早いし」

静かな住宅街の一軒家。広い玄関にたたずむ遼一の、じつに良識的な台詞にぐうの音《ね》も出なくなり、春海は苦笑して言葉をつないだ。

「今日は、悪かったね。どうしても抜けられない会議があって……」

「いいですよ、ぜんぜん。楽しかった」

離婚して以来、ひところは息子である准を最優先にしていた春海だったが、役職づきの身ではそうそう、子どもばかりにかまけていられないのも事実だ。

ことにいまは、社内の営業用システムソフトを開発したばかりだ。日々見つかるバグとの戦いに追われる、専任SEらに事態を任せきりにするわけにもいかず、課長職にある春海は折衝にデータの確認にと追われている。

そのため、まだこの春小学校にあがったばかりの息子は鍵っ子状態を余儀なくされた。学校への送迎は専用バスがあるから心配はないものの、夜までのひとりきりの時間が問題だとこぼしたら、遼一はあっさりとこう言った。

――しばらく遅くなる？　じゃあ俺、准くん預かりましょうか。

もともと遼一とは、准の通っていた保育園の近所にあるカフェレストラン、『ボガード』の店員として知りあった。そのため子どもも遼一になついており、たしかに彼に預けるのがいちばん、安心ではある。

――平気ですよ、俺、准くんとともだちだから。

遼一の勤め先と春海の自宅では、私鉄で数駅、そこからバスで十五分という距離があるのだ。また、遼一の自宅はといえばボガードから徒歩で通える近さなので、もののついでというわけでもなんでもない。

——いいですよ、べつに。それより春海さんは、お仕事頑張ってくださいね。

遠いのにわざわざ訪ねて来させて、迷惑ではないのかと案じれば、にっこりと微笑まれて春海はなにも言えなくなった。

そんなわけで、春海が忙しい日には、准の面倒は遼一が見てくれている。ボガード閉店までの数時間を店で預かり、そのあと自宅に送り届けるパターンもあれば、遼一が早あがりの日にはさきに自宅に准を連れ帰って夕食をとらせ、春海の帰宅までつきあうという習慣が、このところすっかり根づいている。

いっそのこと子守を兼任してくれる家政婦を雇うことも考えたのだが、それは熟慮の末にやめた。自分で望んで引き取った子どもを誰かに任せきりにするのはためらわれたし、春海は個人的に、他人が家に入りこむシステムがなんとなく苦手でもある。

また、ただでさえ春海は仕事のことになると我を忘れる節があり、もしも恒常的に准の面倒を誰かが見てくれると安心すれば、いま以上にそちらにかまける可能性もあった。そんなことになってしまえば、あらゆる意味で本末が転倒する。

結局は年下の恋人の提案に乗る以外、ほかになんのいい考えも浮かばず、繁忙期が過ぎるまではと遼一に甘えるままになっている現状が、いささか苦い。

「面倒ばっかりかけてるな……」

「いえいえ。俺こそ夕飯代までいただいちゃってるし」

「そうは言ったって、毎度毎度ただで作ってもらっちゃったんじゃあ悪いだろう」

まだ時間があるときには、週末にまとめて食事を作り置きし、冷凍しておくこともできたが、このところは仕事が押して休日出勤になることまである。そのため、准の食生活については遼一が頼りになってしまっているのだ。

「かまいませんよ、今日はお風呂も借りちゃいましたし」

「……風呂にまで入れてくれたんだろう。悪いね」

この日もご多分に漏れず、帰ってきた家の中にはご機嫌な准と遼一がいた。パジャマを着こみアイスを食べるひとり息子の横で、濡れた髪の遼一に「おかえりなさい」と言われたときには、正直かなりうろたえたことを思い出し、春海は声をつまらせる。

すんなりときれいな顔に細い身体つきで准をあやしている姿は、母親である史恵《ふみえ》よりよっぽど板についている気もした。

いまも玄関先で、半身をよじるようにして春海を見あげてくるものだから、ただでさえ細い腰がさらに強調されている。

(なんでこの子はこう、色っぽいかな)

自分が遼一にべた惚れであるという欲目を抜いても、彼はひどくきれいなのだ。

だいたい遼一はもともとゲイだと言うのだが、老若男女問わずに人気がある。店に来る客にはファンも多く、先日のバレンタインデーなどにはかなりの量のチョコレートをもらったと、余呉《よご》が冷やかし混じりに教えてくれたから知っている。甘く整った遼一の顔は、若い女性にも訴求力は抜群らしい。

まだ二十代半ばの若さで、自己主張もエゴも強いはずの年代ながら、遼一はどこかひっそりとした控えめな印象がある。基本的には受け身な性格なのだろうが、いつも穏やかで明るい。そのやわらかさが、ひとに安心感を与えるのだろう。

ボガードはとくに制服のない店だが、真っ白なシャツにエプロンというシンプルな服装は、彼のスタイルのよさとどこか色っぽい腰のラインを見せつける。

歩き方がきれいで物腰もやわらかく、所作もひどく洗練されている。明るく親しみやすいのに品がいいのは、歯並びのいい唇が小さく整っているせいだろう。

睫毛《まつげ》の長い切れ長の目も、少しだけ憂いを帯びたようにいつも潤んでいる。

はじめて彼を見たときに、最近はこんなきれいな男の子がいるのかと、感嘆したのを覚えている。そしてつきあいが深まり、恋人らしい状態になって一年以上が経つけれど、遼一はいつまでも春海にとって甘酸《あまず》っぱいようなときめきを運んでくる相手でもある。

「……遼一」

「はい？　なんですか」

にこ、と笑って見あげてくる、頭ひとつほど低い位置の唇に不意打ちで口づけた。

すると瞬時に赤くなるからたまらなくなり、もう少しと引き寄せて深く唇を重ねると、ひくっと息を呑んで身体を強ばらせた。

(……震えてる)

気づいたとたん、じわっと胸が熱くなる。セックスになるとひどく大胆なことをしてのけるくせに、ふつうに抱擁したりキスをしたりということが、遼一は不慣れらしい。春海がこうして捕まえると、いつも赤くなって逃げようとする。

そういう反応は初々しくかわいいものであるが、ときおりにはもどかしい。おかげで、軽いキスですませようと思ったそれがどんどん深くなってしまう。

「も……だめ」

「どうして?」

本気ではない、ためらいがちの抵抗がそそる。そっと胸を押し返してくるからよけいにムキになり、細い腰を抱くと首を竦めてかぶりを振った。

「准くんが……」

「寝てるって言ったのは遼一のほうだ」

こんながっついた様子を見せたら、引かれて嫌われるかもしれないとも思う。だがこの遼一相手に遠慮などしていては、どんどん逃げて遠ざかるに決まっているのだ。

「だ、め、……春海、さん」

舌を絡めて吸って、腰から尻を撫でながら唇を何度も食《は》む。あ、と小さく困ったような声をあげ、伏せたままの目をうろうろとさせる。

「明日も、早いんでしょう？　仕事」

「……かまわない」

「かまわなくないでしょう？」

むすっとしたまま反論したのに、ね、と首を傾《かし》げて頬を撫でられた。聞きわけのない子どもをしつけるような手つきを、いったいこの年若い彼はどこで身につけてきたのだろう。

八つも年下で、そのくせに男あしらいがうまくて色気がある。捕まえていないと不安なのに、するする逃げるきれいな遼一が憎らしく、それでもじっと濡れた目を向けられると、春海は手も足も出なくなる。

「だめです。顔色悪いし、心配だから……ゆっくり寝てください。こういうのは、またでもいいでしょ？」

「……わかった」

セックスだけに溺れた時期の引け目もあるから「また今度」と言われると逆らえない。微笑んで頷《うなず》いた遼一に、それでもしっかりと名残《なごり》の抱擁を与えて春海は囁いた。

「遼一こそ無理はするなよ。……愛してるよ」

「……はい」

睦言に慣れない遼一は、かあ、と赤くなって頷く。正直言えば春海も恥ずかしい。

だがわざとらしい台詞だろうがなんだろうが、別れ際にはしっかり自分の気持ちを伝えることにしているのは、案外と自信のない遼一に不安を持たせないためだ。

「じゃ、おやすみなさい」

「送っていくよ」

「だめです。春海さんは早く寝てくださいね。あ、冷蔵庫に今日の残りのごはんあるから、夜食にするならあっためてください」

それじゃあね、ときれいな手を振って去っていく遼一に、今度こそ追いかける理由を塞《ふさ》がれて春海は肩を竦めるしかない。

しっかりもので控えめで、気遣いの完璧な遼一は、多忙な恋人の負担にけっしてならないようにと思いやってくれている。実際この時期にかまってくれなどと言われてもどうしようもないのだが、これでは――いくらなんでも。

「……俺の都合に、よすぎやしないのか」

情けなく呟くのは、それで結局いい気分なのが春海ひとりと自覚するからだ。

遼一はやさしすぎて、春海はときどき焦れったくなる。自分の中にあった、信じられないほど高い熱量を呼び覚ましたくせに、甘えてくれと引き寄せると、すうっと引いていく。

(むずかしいな)

八つも年下の彼に甘えるだけ甘えた、これはツケがまわってきたのか。どうにもままならない距離感に、春海はため息がこぼれてしまう。

たしかにいきなり身体からはじまった関係だったけれど、春海としてはとっくにつきあっているつもりだった。だがはっきりした言葉をあげられないでいるうちに、彼は自分をセックスフレンドのようなものだと勝手に位置づけ、心を静かに閉ざしていった。

親密さを深めたいと思っていても相変わらず他人行儀で、おまけに自分のこととなるとえらく無頓着。

まだ若いくせに派手なのは顔だけで、なにひとつ要求らしいこともわがままも言わない。いつでも涼やかに微笑んで、『俺は平気』ときれいに春海を閉め出すのだ。

月に二度、あの甘い身体を抱くことを許されていた時期と、このいまと、結局はあまり変わらないようにも思える。

セックスだけの愛人状態と勘違いさせていた苦さもあって、むしろ抱きあう回数は減った。ホテルで会うばかりはいやだと遼一は言ったたし、できる限り会いたいとは春海も思った。

だが生活はそうそうままならず、気づけばデートらしいことをしてかまってやるどころか、家に呼ぶのが精一杯。それもふたりですごす時間など皆無に等しく、このところ忙しさのあまりかまえない我が子、准の面倒まで遼一に見させている。

「前より……ひどいんじゃないのか、これは」

愛人から家政婦に格下げされたなどと、考えこみやすい遼一が思いつめていたらどうすればいいものか。どこまで負担をかければ済むのかと詫びたいのに、かまわないよと年下の青年が笑うだけだから、春海は謝ることもろくにできない。

あの一年をかけて、堅牢《けんろう》に縮こまった遼一の心は、やはりなかなかほどけない。

毎度、あっさりつれなく帰っていく、細い背中を見送るばかりの自分も情けない。

（あまり強引に押しても、逃げられそうだし）

みっともなく追いすがりたい気分をこらえるのも、呆れられたくないからなのだが、それはそれでどうなのかと春海は嘆息するしかない。

おのれの不甲斐《ふがい》なさにため息をついて、甘い匂いのする青年が去った玄関を、しばしぼんやりと眺めやる。

たしかに疲れてはいるのだが、ようやく恋人らしい時間を持てると思った矢先に仕事に忙殺され、家に戻れば准がはしゃいで、彼とろくな会話をすることもない。

遼一は微笑ましげにまとわりつく准をかわいがってくれているようで、それはそれで春海には嬉しいのだが——正直、複雑な気分もある。

もっときちんと、ふたりきりの時間が欲しい。三十をすぎていまさら、こんな恥ずかしいことを考える自分について、もはや居直ってから久しい。

なんとなればさっきのキスも、正直半月ぶりだった。

かつては二週間に一度はセックスをしていた自分らが、この二ヶ月近く軽い口づけ程度に留まっているのは、春海が多忙なせいばかりでは決してないと思う。

奇妙な思いこみと言葉の足りなさですれ違っていた日々にピリオドを打ち、これからはもう少し、遠慮ばかりだった遼一を好きにさせてやりたいと決意したその直後。

一年間、毎度の逢瀬となっていた水曜日の約束が、いっさい不可能になってしまったのだ。

(くそ……史恵のやつ)

胸の裡、どこまでも春海を振り回すもと妻の名を苦々しく呟く。

離婚当初は第二・第四の水曜日に、准と史恵の面会日は決められていた。ところが、先方の都合によってそれを、すべて木曜日にずらしてほしいと言われてしまったのだ。

＊　＊　＊

「今度ね、新しい店を任されるようになったの。だから休みが変更になっちゃったのよ」

都内でも高級さとサービスのよさで有名なホテルの一角。メイクも爪の手入れも完璧な笹《ささ》山《やま》史恵は、採光のいいホテルのラウンジで誇らしげにそう告げた。

「それはおめでとう」

「どうもありがとう。……あなたの仕事のほうはどう？」

「おかげさまで順調だ」

ゆったりとしたソファにうつくしい脚を組んで座る史恵は、よかったわねとルージュに光る唇を持ちあげ、細い煙草をくわえる。

「准は？」

「いまシンくんと遊んでるわ。すっかり兄弟みたいよ、あのふたり」

史恵がちらりと視線で示したのは、ラウンジの大きなはめ殺しの窓から覗くホテルの中庭。敷石を踏んで『けんけん遊び』をする准は、すっきりした二枚目の青年とじゃんけんをしていた。きゃっきゃっと笑う顔には邪気も屈託もなく、いっそ感心する。

(我が子ながら、順応性が高いな。これも史恵の遺伝だろうか)

ふつう両親が離婚し、自分の母親に若い恋人がいるなどと聞けば、幼い子どもは複雑なものを覚えるのではなかろうかと思うが、准はそのあたりがじつにあっさりしているのだ。

「学校ではなにか問題は？」

「元気がよすぎるのと、正直すぎるのが少し困るとは言われたかな。それ以外はおおむね成績もいいし、とくになんの問題もないそうだ」

「……たしかに正直すぎるわね。そういうところはあなたそっくり」

むっとうつくしい眉をひそめるのは、思うところがあるからだろう。こみあげてきた笑いを噛み殺すため、春海はこほんと咳払《せき》いをする。

月に二日の母子の面会は、毎度このホテルで行われる。史恵が現在、十以上年下の彼氏と暮らす家に連れ帰ることも可能だったが、それに音を上げたのは正直、息子の准本人だ。

幼いころから、皆川家の食事に関してはほとんど春海がまかなってきた。史恵は正直いって致命的に料理が苦手――というよりもへたで、結婚後もその独創的な味に辟易《へきえき》した春海がまとめて作り置きをしたほどで、むろん准の離乳食などもすべて管理したのは春海だ。

現在では史恵の恋人であるシンジ青年がほとんど家のことをやっているらしいが、やはりそこは母親としてそれなりのことをすべきかと、史恵がめずらしく包丁をとった、その夜。

――ままのごはん、おいしくないっ！

ひとくち食べるなりきっぱりと宣言した息子に、プライドの高い史恵はむすっとへそを曲げ、だったら半端じゃなくおいしいものを食べさせてやると言いきった。

そのため、毎回の面会日にはホテルをとってディナーを楽しみ、ついでに息子にテーブルマナーを教えこんでやろうと思ったらしい。

「正直なところは、きみに似てるんじゃないのか」

「あたし？　どこがよ」

「自分の気持ちに素直だろう。我慢できるタイプじゃないくせに」

「そちらこそ、嘘がつけなくて黙りこんじゃうじゃないの」

お互いの離婚に至った経緯について当てこすりつつも、言葉の中に毒はない。

まともに愛されていないことに気づき、さっさと次の愛を求め、欲しいものをくれなかった春海を容赦なく糾弾した史恵。彼女は華やかな仕事が好きで、ひとと接するのが好きで、ブティックの営業からめきめきとその手腕を活《い》かして店長職についた。

それに対してうまいごまかしもできず、また見つめさせられた自分の本心や性癖について、悩みながらも肯定するしかなかった春海は、もともとあまり他人との接触が得手ではない。きっちりとシステムを構築していく、一見は地味だが頭を使う仕事が性に合っていて、だからこの若さで課長にまでなれたのだろう。

「なにからなにまで正反対だし。ほんっとに、性格あわないわよねー……あたしたち」

「同感だ」

要するにいずれも、ベクトルの方向が違いすぎたということだ。それでも嫌ったり憎むというには、一緒にすごした五年は長く、いまではなんとなく戦友のような奇妙な情も湧いている。

「まあ、ひとつだけ幸いなのが、あなたの仕事に離婚が響かなかったことね」

「なんだ、気にしてたのか」

銀行だなんだの職種になると、離婚歴やそのほかが信用問題につながったり、組織内部での出世に響くこともある。幸い春海の部署は能力重視のシステム開発であったため、そんなことは問題ではないし、理系男子まみれのそこは独身の割合もひどく高い。

「あたりまえでしょ。あなたがあたしに興味ないのには腹たったけど、好きこのんで昔惚れた男に不幸になってくれなんて、考えるような了見はないわ」

これでも少しは申し訳ないと思っているのよ。拗《す》ねたように呟いて煙草を吹かした史恵に、憎めないなあと春海は苦笑する。

「……きみが男だったら惚れたかもね」

「いまさら言うかしら。やあね。第一それは無理よ、あたし、あなたの好みじゃないし」

嫌味な男ねと顔をしかめた史恵は、言葉はきついがさっぱりしている。実際、ホモなんでしょうと決めつけた彼女の言葉のおかげで春海も居直れた部分もあるし——彼女に言ったら激怒されるから言えたものではないのだが、こういう『男らしさ』に惹《ひ》かれた部分もたしかに、あったのだ。

「ものついでに聞くけど、そっちのプライベートのほうはどうなの」

「まあ、そちらもおかげさまで」

肩を竦めて春海が答えると、ふふっと笑った史恵がきれいな脚を組み替えた。

「聞くまでもなかったかな。充実してそう」

「きみほどじゃないけれどね」

それはどうもと片方の眉だけをあげてみせる史恵は、洒脱《しゃだつ》な仕種《しぐさ》が似合う。自分はなにを見てこの彼女に専業主婦になってくれなどと言ったのかと、かつてのおのれの見る目のなさを嘲笑《あざわら》いたくなるほどだ。

「複雑な好みよねえ、あなたも。お母様が仕事で忙しかったせいか、良妻賢母にトラウマじみたものがあるのに、結局男の子が好きなんて」

「ひとのことが言えるのか？」

当てこすられると、さすがに憮然《ぶぜん》となった春海は言い返す。そう言う史恵こそ、シンジとつきあって気づいたらしいが、おとなしく穏和で自分の言うことを聞いてくれる、従順なタイプが好きらしいのだ。

「まあね。そうね。あたしたち、似てるのは男の好みだけかもね」

「……いやなもと夫婦だな」

同意、とお互いしみじみしつつ、コーヒーを口に運んだタイミングだけが同じで噴きだす。そしてくすくすといつまでも史恵が笑うから、「なんだ」と問えば、かすかに涙の滲んだ目元を彼女はきれいな指で拭った。

「思い出したの。……大学に入って、ラウンジで最初にあなたと顔合わせたとき、やっぱりコーヒー、同じタイミングで一緒に飲んで」

「……ああ、あったな」

「あたし、それで思ったのよ。このひと、きっと気が合うって。とんだ誤解だったけど」

くだらないことで運命と思いこむ、そんな若い恋だった。大学の後輩で、さっぱりした気性だった史恵とはほかの女性たちよりは少し気楽で、この女ならと思ってつきあった。

結婚までの交際期間でも、途中には別れたり、よりを戻したりしつつ、結婚が少し遅れたのはやはり、史恵が仕事をしたがったせいだ。結局、彼女が一時的に仕事に疲れたタイミングで籍を入れ、准ができたわけだったけれども。

「離婚して、やっとわかった。あたし、あなたとともだちになりたかったみたい」

「そうだね。それは俺も思った」

考えてみると、史恵とは年がら年中喧嘩《けんか》をしていた気もする。さすがに三行半《みくだりはん》を突きつけて出て行かれたときにはこたえたが、それも自分が悪かったのだと知っている。

「……シンくんとつきあいはじめたのは、あなたが完全によそ向いたときなのよね」

「よそ……って、だって三年前だろう？」

「そうよ。あたしが仕事を再開して、准が保育園に入って……あの店に行ったときから」

さらっと言われた言葉に、春海は息を呑む。それはどういう意味かと問うまでもない。

「春海さんねえ。前からあたし、なんとなくわかってたのよ。あなた、女のひとあんまり好きじゃないだろうって。あきらかにテンション低いんだもの」

「……そうなのか」

「学生時代からすごくもててたから、それで辟易してるのかとも思ったけど。あきらかに後輩の男の子とかとすごしてるほうが楽しそうだったし……まあ男のひとってそんなもんかなと思ったこともあったけど、やっぱり違ったなあって」

いっそ楽しそうに史恵は春海をにやにやと眺める。冷や汗でもかきたい気分で冷めてきたコーヒーを口に運びつつ、胃の奥が落ち着かない気分になった。

「ボガードの彼、元気?」

げほ、と春海はむせる。渋面《じゅうめん》を作って睨みつけても、史恵はどこ吹く風だ。

「遼くんだっけ? 准がよく話してるわ。最近、家にも遊びに来るんですって?」

「あいつは……なんでそうおしゃべりなんだ」

筒抜けになっているのも微妙で眉を寄せていると、史恵のほうが噴きだした。

「春海さんが鈍すぎるのよ。あなた、遼くん見た瞬間目の色変わったの、自分でわかってなかったでしょう」

「そんなことは、べつに……なかったと、思うけど」

「鈍いなあ、皆川先輩」

学生時代のような口調で、史恵は春海を揶揄《やゆ》してみせる。もう勘弁しろと思ったけれど、ちくちくとした彼女の攻撃は終わらなかった。

「土曜日、せっせと店に通ってさ。遼くんがオーダー取りに来ると照れちゃって。あんな顔見たことないからあたし、ひっくり返ったわよ」

「……悪い」

「べつにい? 怒ってないわ。ただもう、ああこりゃだめだーって思っただけよ」

その時点ですでに、夫婦間のひめごとは途絶えて久しかった。それも子どもが小さいからかと思っていたけれど、疑問は常にあったと史恵はさばさば語る。

「ちょうどそのころ、シンくんがうちの店にバイトに来たの。それですぐ、あ、この子あたしが好きなんだって思った。……だからわかったの、あなたはあたしのこと好きじゃない」

史恵は史恵なりに、悩んでいたのだろう。口調は明るいけれど、瞳には少しだけ寂しさが宿り、あらためて春海は申し訳なさを覚えた。

「真っ正面から好きですって言われて口説《くど》かれちゃって、ふらーっとしたの。准のことも真っ先に頭に浮かんだし、あなたにも未練もあったけど……あー、違うわね。未練しかなかったのかな」

「しか、って……」

「手に入らないものって惜しいじゃないの。……でも、シンくんが好きだ好きだって言ってくれるうちに、なんだかいろいろ、どうでもよくなってきてね」

あとはきっかけを待っていたのかもしれないと、史恵は少し遠い目で、あの日春海には突然に思えた別れの話をはじめて、口にした。

「あのタイミングだったのは、なんでかなあと自分でも思うけど……准かなあ、やっぱり」

「そうなのか？」

「ええ。もっと大きくなってから別れると、却ってあの子にはきついかなと思ったし。かといって、親のエゴで勝手にこっちが我慢して仮面夫婦やっても、よけいよくないかなと」

奔放に見えるが、史恵には史恵なりの理屈がとおっている。これについてはなんら反論する気もないまま、春海は静かに頷いた。

「あたし思うのよ。子どものために一緒にいなきゃなんて、親が無理なことばっかしてたって、それ却ってよくないって。……自分がそうだったしね」

「……そうか」

史恵自身、実家との折り合いがあまりよくないことは知っている。それこそ愛人を作った父親に対し、専業主婦だった母が「あなたのためにこの家にいるのよ」と繰り返し言い続け、それが嫌で史恵が仕事をしたがっていたことも。

「准にわかってもらおうとは思ってないの。でも、きっちり説明はしておいた」

「説明？」

いったいなにを言ったのかと眉をひそめた春海に、史恵は息子へ言ってきかせたことをそのまま口にした。

「いい、准。あなたのパパとママは、もう一緒に暮らせないの。でも嘘をついて一緒にいるくらいなら、離れたほうがいいの。それから、あなたのパパには二度と奥さんはできないわ。ママになるひともできない。ついでに言うと、男のひとを好きなひとよ……ってね」

「おい……そこまで言ったのか⁉」

さすがにぎょっとして春海が声を裏返すが、史恵はどこ吹く風のまま、台詞でも読みあげるように言葉を続けた。

「だから、准は将来そのことで、とても面倒なことや、つらいこともあるかもしれない。でもだからといって、パパを責めるのはよしなさい。仕事がいちばんのママを恨むのもやめなさい。そうしたところで、なにもならない。あなたがいやな気分になるだけ」

「史恵……」

きっぱりと、准に告げたのと同じ目をしたままの史恵に圧倒され、春海はもう言葉もない。

「世間の理不尽は、ただ笑って受け流しなさい。悪平等を善とする人間など小さいものだと、そういう、広い大きい男になりなさい。いいわね――てな具合で、准にとってまずはじめの理不尽はあたしが教えてみたの」

「なんていうのか、きみは……もう」

負けるよと呻《うめ》いて、春海はぐったりとソファに背を預ける。けらけらと笑って新しい煙草を取りだした史恵は、少しだけすまなそうな声で本題に戻った。

「面会日、変えてごめんなさいね」

「仕事ならしかたないだろう」

そうまで狭量ではないと春海が返すと、史恵はどきりとしたようなことを言う。

「あら。……デートのお邪魔にはならなかったかしら？」

「な……」

なぜそれを、と言いかけてぎりぎりで飲みこんだものの、顔色で知れたのだろう。あら、と史恵はわざとらしく口元を押さえる。

「図星だったの？　いやだ。ごめんなさい」

「……わざとか？」

「さあね、……って嘘よ。かまかけたの。だって春海さん、仕事ばかなんだもん。ほかに休み取るような甲斐性ないでしょうし、准にかまけっきりなんじゃないの？」

これも図星で春海が黙りこむと、今度は本気で「やあね」と史恵は眉をひそめた。

「ちょっとねえ、あの子けっこう若そうだったじゃない。あなたそんなんじゃ愛想つかされるわよ」

ぐさぐさといやなところを突いてくる彼女を無言で睨むと、そんな顔をしても知ったことかとにべもない。

「いくつなの？」

「この間二十五になった、かな」

「ちょっと……八つも下なの？　ねえ、満足させてあげられてるの？」

「そこまで言われる筋合いはないだろう。だいたい年下っていうならひとのこと言えるか」

「あら。うちは充実してますけど」

夜のことについてまで遠慮なく突っこまれ、さすがに春海は気分を害した。だが史恵は怯《ひる》むどころか、さらにいやなことを言ってくる。

「だって春海さん、えらく淡泊だったもの。あら違うか。淡泊どころじゃなかったわ」

あははと笑い飛ばす史恵のあけすけさに、春海はついに呻いて肩を落とした。シモな話題になったときの豪快さは、ある種、女のほうがすさまじい。

「そこについては、心配していただく必要はないと思うけれどね」

「あ、そう？　ま、いいんだけどね。どうでも」

どうでもいいなら言うな。腹の奥で煮える言葉を口にする愚は犯さず、春海はただため息をつく。その表情をおもしろそうに見つめたあと、しみじみと史恵は言った。

「冗談よ。いい恋愛してるんでしょ。あなたなんだか、若返ってるもの」

「若返るって……」

ひとを年寄りみたいに言うなと顔をしかめたが、史恵は「あら、ほんとのことでしょ」とすっぱり切って捨てる。

「まだ三十頭だってのに、枯れきっちゃってたくせに。なんだかがつがつしてたわよ、さっきの顔」

「が……」

「だから、その子はずいぶん魅力的なのかしらねって思ったの。あなたのそんな顔、長いつきあいだけど一度も見たことなかったから」

一瞬、頬が熱くなった。顔に出るかと冷や冷やしつつ無意識に頬を撫でると、それだけで充分史恵にはおもしろかったらしい。

「やあねえ、照れないでくれない、この程度で。もと旦那さん」

そんなわけにいくかと恨みがましく春海は史恵を睨み、どうにか一矢報いようと、当てこすりをそのまま返してやる。

「まあそう言うきみも若返ったよ、もと奥さん」

「……失礼な。あたしはまだ若いのよ」

ぐっと春海が声をつまらせたのは、テーブルの下で遠慮なく足を踏まれたからだ。それもご丁寧にヒールのかかとで数回、踏みにじってくれた史恵は、悶える春海にむけてすっきりしたとばかりに息をつく。

「まあ、あたしに関しては元気で幸せよ。そんなわけなので、あなたも気兼ねなくかわいい遼くんとラブラブしてちょうだい」

「……よけいやりづらいんだが」

足の痛みをこらえてうめくと、知ってるわ、とうそぶいて史恵はぷかりと煙草を吹かした。

「でしょうね。そういう性格だもの」

からかうついでに意地悪をしたというところなのだろう。つくづく侮れない女だと思う。

「煙草、少し量が多いんじゃないのか」

せめてもの意趣返しにと咎めるけれど、「准の前では吸ってない」ときっぱり言われてはなにも言葉がない。憮然とした春海に笑って、史恵はこう言った。

「まあ、正直言葉ほど割り切れてないとこ、あるわよ。あたしも。でも割り切っていくしかないし……ほかの女にとられるよりは、最初からあたしじゃだめなひとだったから納得した」

「……ごめん」

「謝らないでよ。これでもけっこうあたし、好きだったのよ。春海さんのこと」

昔のわたしが可哀想でしょうと苦笑して、史恵は煙草をもみ消した。話は終わりと告げる仕種に、春海はチェックを手にして立ちあがる。

「さてまあ、それじゃ明日まで、准をお借りするわ」

「借りるも借りないも、きみの子だろう」

微笑む史恵にそう返すと、一瞬だけ史恵は目を丸くし、そのあとでふわりと微笑んだ。

「そうね。……ありがとう。春海さんのそういうところ、好きだったわ」

過去形で念を押した彼女に春海も微笑み返し、連れだって席を立った。

そのまま准たちのところに行くというから、自分は顔を出さないほうがいいだろうと、まっすぐロビーを抜けてホテルから出る。

(してやられたなあ)

言いたい放題言ってからかわれたことは複雑でもある。だが、事情を鑑《かんが》みれば信じられないほど、史恵の取った行動は寛大な処置だと思う。

振り返り、ガラス越しにちらりとうかがったホテルのフロント前では、シンジと史恵に挟まれて元気に笑う准がいた。歳の離れた男女の取り合わせは少し不思議なようで、それでいてしっくりと似合っていて、これが正しかったのだと春海に思わせてくれる。

穏やかそうなハンサムな青年は、史恵にあれこれと言われつつも「はいはい」という雰囲気で聞き流し、幸せそうに微笑んでいた。その顔を見て、春海は我が身が情けなくなる。

(遼一に、どうしてやればいいんだろうか)

いずれシンジと史恵は籍を入れるつもりらしい。まだ大学を卒業もしていない彼の就職が決まったら、とふたりで決めたのだそうだ。

遼一にも、そうした形で責任を取ってやれるものならいっそ、そうしたい。それよりなにより、遠慮ばかりの彼に対して、もう少しなにかあげられるものはないのかと、春海はずっと考え続けている。

「やっぱり……あの件も早めに切り出すべきかな」

何度目かのため息をつきつつ、春海は歩き出す。ぐずる背中を史恵に押された形なのは複雑でもあるけれど、おのれの情けなさなどいまさらだ。

あとはあの、かたくななな彼にどうやってうんと言わせるか。

真剣な顔で考えつつ脚を進める春海の頬を、やわらかい風が撫でていった。

＊　＊　＊

史恵とのざっくばらんな話し合いののち、春海が遼一と会うための時間を取れたのは、それからじつに一ヶ月が経過したころだった。

「お邪魔します」

「いらっしゃい」

遼一が春海の家を訪れたのは、夜の十時をまわったころだった。これも結局は春海の都合で、仕事が終わるのがその時間だからと伝えてあったのだ。

「今日、だいじょうぶでした？　仕事遅いのに、准くん……」

「平気だろう。急に呼び出して、こっちこそすまないね」

「いいえ、明日は休みですから。平気です」

いいからあがってと腕を取り、抱き寄せる。外から来たばかりの遼一の身体はひどく冷たくて、春海は驚いた。

「寒かっただろう。歩いてきたのか？」

もう春も終わりに近づいたけれど、ここ数日は花冷えのような冷えこみだった。細い肩に腕を回し、そそけ立っているなめらかな頬を撫でる。

「終バスあったから、ちょっとだけです」

くすぐったそうに笑って腕からするりと逃れる。猫のような仕種はどこかつれないような、そのくせあとを引くような印象があって、春海の腕は宙に浮いた。

「お茶でもいれるよ。おいで」

「ああ、いいですよ。春海さん疲れてるだろうし。それよりお話、なんですか？」

自分のことはかまわないでくれとにっこりする遼一に、春海はこぼれそうになったため息と、自分でも情けなさすぎて口にできない愚痴《ぐち》を呑みこむ。

（話がなきゃ、来ないのか？）

遼一はいつもこれだ。他人の家でくつろげと言っても無駄だとは思うが、もてなされることさえ拒んでみせる。どうしてそこまで遠慮するのだろうと、ひどくもどかしい。

「話……まあそうだね。話もあるんだけど、とにかくこっちに来て」

「？　はい、じゃあ」

とりあえず居間に招くと、素直についてくる。頼みごとがあると告げると、よほどの用事でもない限りには拒まない。そのくせ、ただ会いたいと思って誘うと「なにかご用でも？」とつれないことを言う。

それもこれもすべて、自分のかつての態度が招いたことだと知りつつ、春海はときどき途方に暮れる。

「で、なんでしょう？　また准くんのことでなにか？」

ちょこんとソファに座った遼一に、自分のついでだからと言い聞かせてコーヒーを渡すが、手もつけないまま首を傾《かし》げて問いかけてくる。

「いや、そういうんじゃない」

「えーと……？　あ、じゃあなにか買いものとかですか？」

どれもこれも頼んだことがあることばかりで、ぐったりと春海は自分のだめさに打ちのめされた。

「遼一……頼むよ」

「ええ、だからなんですかって」

「そうじゃなく！　俺がきみに会いたいのは用事にならないのか？」

従順すぎて、困ってしまう。もうどうしようもなくて少し声を大きくしながら彼の問いかけを遮ると、遼一はきょとんとした顔になる。

「え、えっと……？」

無心な顔で首を傾げ、曖昧《あいまい》に笑う遼一に少し哀しくなった。これがとぼけているのならたいしたことだが、本気で遼一は意味がわからないらしい。

「話はしたいことはあるけれど、べつに使いだてを頼みたいわけじゃあないよ。会いたいから来てほしいと言った。それだけだ」

「え……」

どうかわかってくれないかとかき口説き、細い手首を取る。その瞬間、じっと考えこんでいた遼一は、一気に額まで赤くなった。

「え、え、……は、春海さん、俺に会いたかった……だけ？」

「そうだよ」

「な、なんだ……そっか」

そうか、とものすごく羞《は》じらって、そのくせ嬉しそうにうつむいた遼一は笑う。はにかんだような顔がたまらない。この程度で喜んでしまう遼一がせつない。

「……遼一」

席を立って回りこみ、「あ」と声をあげた彼を引き寄せ、抱きしめる。逃げられないようソファの背と腕の中で囲いこんで、赤くなっている耳朶《じだ》を静かに啄《ついば》んだ。

「あ、や」

「こんな遅い時間に呼びつけられて、なんでそうなんだ？」

「そ……そう、って？」

自分の都合や、明日の仕事や、そういうものをちゃんと主張する意志はあるくせに、精一杯まで春海にあわせようとする遼一の姿に、ときどき苛立ちを覚えそうになる。

　むろんそれは彼に感じるものではなく、そんなことを一年かけて覚えさせてしまった自分への憤りだ。

「遼一は自分からは会いたいなんて、一度も言わない」

「だって、忙しいじゃないですか。お休みもずれたし……」

「会いたくないの、俺に」

　これでは准と同じレベルだと思いながら、春海は鼻先をくっつけるようにしてきれいな顔を覗きこむ。困ったように赤くなり、うろうろと視線を泳がせたあとに目を伏せて、遼一は小さく震える声で呟いた。

「会いたい……です」

「じゃあ、どうしてもっと連絡くれないんだ？」

「だってお邪魔しても、悪いし。おうちにまであげてもらってるのに、そんな贅沢言えない」

　とんでもない、とかぶりを振る遼一に、呆れるより哀しくなった。

「……あげてもらってるって、なに？」

　招いているのはこちらなのに、いつまで愛人気分なのか。そこまで言えば傷つくのは遼一だから口にはできないけれど、もどかしくて悔しくなる。

この調子では、今日するつもりだった提案も受け入れてくれるものかどうか。不安になりつつ、春海は小さな形いい頭を抱き寄せた。

「恋人を家に招くことの、なにが贅沢？　あたりまえのことじゃないのか」

「そ……そっか」

そういうものなのかな、と自信なさげに呟く遼一が、どうやらあまりいい恋愛をしてこなかったらしいこともなんとなく察してはいる。この控えめな——というより引け目たっぷりの態度も、春海がそう思いこませただけではなく長年の習い性ではないかと思う節もある。

(気分は、あまりよくないな)

あれだけ練れたセックスをする遼一だから、過去に関係のある男もいただろう。その中にはもしかすると、妻帯者もあったのかもしれない。そういう男に、家には近寄るなとでも言われたことがあって、それで遼一はこんなに萎縮しているのではないか。

じりじりと胃の奥が焦げるような気分を味わう春海の耳に蘇るのは、ボガードの店長、余呉清順《せいじゅん》がぽつりと言った言葉だ。

——泣かさないでくださいよ。あいつ、幸せ慣れしてないんで。

誤解を解いてしばらくしてから、不意に脈絡もないままそう告げられた。瞬時に、余呉は自分らのことを知っているのだと理解し、黙って春海は頷いた。

余呉の言うとおり、少しだけ遼一には幸薄いような印象がある。どことなく寂しげな表情のせいもあるだろうけれど、徹底して控えめな態度の裏側に、彼も春海におなじく家庭環境があまり良好ではなかったことを気づかされた。

その親代わりのような立場にいるのが、余呉らしい。

(もしかしたら余呉さんと、そういう関係だったのかと思ったこともあるけれど……)

どうやら彼らは店長と店員という以上の関係はないらしい。ただ古いつきあいらしく、兄弟のような情を交わしていて、自宅も近所だと聞いていた。

春海に対してはですます口調があまり改まらない遼一なのに、余呉に対してはけっこう遠慮がない物言いをする。つきあいの長さに比例するのは当然と思いつつ、妬《や》けてしまう自分のことを、遼一は理解しているのだろうか。

(まあ、無理だな)

いまだに春海が抱き寄せただけで驚いた顔をする遼一だ。そんなところにまで気もまわらないだろう。

「いいかげん、慣れてくれないものかな」

「ご、ごめんなさい……」

ため息をついて、細い顎《あご》を撫でる。細い肩を竦めた遼一は呆れられたと思ったのか、すまなそうに上目遣いになった。

頼りない表情がたまらなくきれいでいとおしい。同時に少しだけ、こんなに気持ちを乱すくせにと憎らしい。

「んっ？」

不意打ちで唇を奪うと、遼一は声をあげて硬直した。そのまま小さめでやわらかい唇をねっとりと舐めると、おずおずと唇を開いてくれる。

ここまでは抗《あらが》わない。けれど問題はこのさきだ——と眉をひそめつつ、春海は手のひらを滑らせる。

「あ、待って……春海さん、待って」

「待たないよ」

胸を探りながら内腿を撫でると、ひくりと遼一は息を呑む。そのまま耳元を舌で辿り、やわらかい耳朶に歯を立てると、案の定、手のひらをあてがった脚が強ばった。

遼一はとにかく絶対に、この家にいる限りキス以上に進ませようとしない。今日こそはその理由を訊《き》きだしてやろうと思いつつ、きわどいタッチであちこちに触れた。

「だ、だめ、春海さん」

シャツの中に手を潜《もぐ》りこませ、首筋のなめらかな肌を味わうように唇で食む。軽く歯を当てたまま喉を舐める。小さな乳首はまだやわらかく、指でつまむと肌が震えた。

「いやだ……春海さん、准くんが……」

んん、と小さく唸《うな》ってかぶりを振るけれど、押さえつけた手を離さない。いやそうに背《そむ》ける顔を追って、強引に唇を吸いあげるとさらに逃げるから、ついにソファの上に遼一は倒れこむ。

「准のことは、気にしなくてかまわない」

「そんな……！　気にします！　こんなところで、起きてきたらどうするんですかっ」

じたばたと脚をもがかせ、逃げようとする遼一が憎らしい。少々むっとしつつ、春海は身体を起こしてきっぱりと言った。

「じゃあ、こんなところじゃなければいい？」

「え……？」

「ベッドに連れていったら、おとなしく抱かれてくれるのか」

ストレートなそれを怒ったように告げると、遼一は絶句した。戸惑うように、不安そうに瞳を揺らした彼の腕を取ろうとすると身を縮めて逃げるから、むっつりしたまま春海はその膝の下に腕をいれ、強引に抱えあげてしまう。

「ちょっと、春海さん！」

ぎょっとしたように慌てて首にしがみついてくるのは、ただの反射だ。望んでのことではないと知りながら、春海はもっとも遼一が抵抗できない台詞を口にした。

「暴れると俺が困るよ。腰でも痛めたらことだ」

「そんな……」

困ったような顔で唇を噛む遼一に、しらっとした顔のまま春海は廊下に出る。二階建ての一軒家だが、春海の寝室は一階の奥だった。

軽く開いていたドアの端に脚をねじこみ、遼一を抱えたまま部屋に入る。目に入ったダブルベッドに遼一はさっと眉をひそめ、顔を逸らした。

(なんだ?)

羞恥とは違う、嫌悪に似たものをその反応に読みとってひやりとする。だがもういまさらだと居直り、硬くなった身体をベッドにおろすと、あらためて、ほっそりした腕を両方の手で押さえつけた。

「春海さん……」

久しぶりにこんなシチュエーションだというのに、遼一はどこか青い顔で視線を逸らしたままでいる。本当になにか理不尽を強《し》いているような気分になって、春海も苦しい。

こんなことはいやだとか、気が乗らないとか——いっそそうしてなじってくれるなり、拒むなりすればいいのに、遼一はなにひとつ抗おうとしない。

「……准くん、ほんとに……いいんですか」

沈黙のあげくに、ようやくぽつりと呟いたのはそんなひとことで、春海はなんだか脱力しそうになった。深々とため息をついて、自分でも呆れるような質問を口にする。

「ちょっと訊きたいんだが、遼一は、俺と准のどっちが好きなんだ?」

「え？」

びっくりしたように目を丸くした遼一に、恥ずかしいことを言った自覚のある春海は赤くなる。だが、毎度毎度子守をしては素直に帰っていくばかりの恋人に、いささか複雑なのも本心なのだ。

「なぜうちにくると、准が准が、ってそればっかりなんだ」

「あ、でも……だって、准くんを頼むって、いつも、春海さんが」

たしかに、都合のつかない自分の代わりに、留守番と准の相手を頼むと告げたのはこちらだ。だがもう少しはなにか汲《く》み取ってくれてもいいじゃないかと、さすがに拗ねたくなってくる。

「いろいろ頼んでしまって悪いと思ってるよ。けど俺はべつに、本当に子守だけしてほしかったわけじゃない」

「……そうなの？」

意外そうに言われて、脱力しそうになった。素直に誘われてもくれない遼一だから、准にかこつけて家に招いているとは、どうやらかけらも思ってくれていなかったらしい。

「ついでに言えば、……今日は准はいないよ」

「え？」

そもそもこの日、春海はひとことも准について言及してさえいない。話があるから来てくれと告げ、寝ているのかと言われても「気にしなくていい」と答えただけだ。

「史恵に預かってもらった。俺の彼氏が最近顔を見せてくれないからどうにかしたい、話し合いをするから頼むと言ったら『いいわよ』でおしまいだ」

「か、カレシ……って」

いつの間に史恵とそんな話をしたのかとか、それは自分のことなのか——という疑問が、遼一の頭の中でぐるぐるまわっているのが見えるようだった。

「だから本当に、なんの問題もない。ついでに明日は代休を取った。その明日は水曜日で遼一は休み。なにかあとは気になることがある？」

自分がひどくみっともない、らしくもなく強引なことをしている自覚はある。だがこうでもしないと、一向に縮まらない遼一との距離にまたすれ違ってしまいそうで、いいかげん春海も頭が煮えてきているのだ。

じっと見つめていると、遼一は瞳を揺らした。大きく整ったそれがあっという間に潤んで、春海がぎくりとするより早く遼一は目を逸らし、細い声を発する。

「ここ、じゃ……いやだ」

「遼一？」

ベッドの上まで来て、いったいなにがいやなのか。まさか本当に自分と寝ること自体が不快だとでもいうのかと困惑した春海の耳に、わななく声がする。

「だってこのベッド……史恵さんも、寝てた、んでしょう？」

「……え？」

苦しげに、それでもどうにか微笑んでみせようとする遼一に、今度こそ春海は絶句した。泣きそうな顔で目を逸らし続けた遼一に、もはやため息しか出てこない。

「なるほど、ね」

「あの……春海さん？」

押さえつけていた手をほどき、身体を離す。拒んだくせに不安そうに肩を竦め、おずおずと問いかけてきた遼一に、春海は頭を抱えた。

（そういうことか）

ちらりと遼一の顔を見ると、さきほどよりは強ばりが取れている。まあ、たしかにほかの女と寝たベッドにそのまま押し倒されたとなれば、あのいやそうな表情も道理かと、春海はぐったりしたまま納得した。

また言葉が足りなすぎたと反省をしつつも、そこまで無神経な男だと思われていることも情けなくてたまらなかった。

「お、怒っちゃった……？」

「怒ってないよ」

ただひどく疲労を覚えたと、春海は立てた膝に顔を伏せる。そうしてしばし、自己嫌悪や複雑な心境と葛藤《かっとう》したのちに、言いそびれていたことを告げた。

「あのね。遼一は、なにか勘違いしているようだけれど……まあ、言い忘れた俺も悪いが」

勘違いですか、と首を傾げる。頷いて、吐息混じりに春海は続けた。

「この家は、彼女と——史恵と暮らした家じゃないんだよ」

「え……？　だ、だって」

こんな一軒家で、と遼一は目を瞠《みは》る。そこがそもそもの勘違いのもとかと、春海は眉を下げて苦笑した。

「もともと俺はマンションが好きじゃなかったし、どうせ准も学校に通うとなれば遠くなる。だったらもう好きにするかと、離婚したあとにここの家を買った。引っ越しついでに、家財道具も処分したんだ」

「そ……そう、だったんですか。じゃあでも……」

なんでこんなに広いベッドなのかと言われて、さらに恥ずかしくなりつつ春海は言った。

たしかにいくら春海が大柄とはいえ、ここまでのサイズは独り寝には不要な代物だ。

「だから。……遼一が」

「俺……？」

口ごもり、いままで何度か言おうとしてはできなかったことを、春海は思いきって告げる。

「来てくれたらいいなと、……部屋も、空いてるんだ。ひとつ。だから——」

きみさえよかったら、一緒に住まないか。

そう言いかけたとたん、ぽかんと瞠られていた遼一のきれいな目が、いきなり潤んだ。そして、ぎょっとする春海の前で、表情ひとつ変えないまま、ぽろぽろと涙をこぼしだす。

「りょ、遼一……!?」

「あ、あれ?」

なんだろう、と言いながら、彼は子どものように手の甲で頬を拭う。

「ごめんなさい、なんか……あれ、なんで……あはは」

混乱したように笑って、恥ずかしいなあと遼一は洟《はな》をすすった。瞬間的なことだったのだろう、すぐに涙は引っこんで、抱きしめても抗うことはない。

「いきなりでごめん。困らせたかな」

「いえ……」

ふるふるとかぶりを振って、遼一はうつむく。その耳は赤いけれど、抱きしめた身体が強ばっているのも気になった。

「返事は急がないから、考えてくれると嬉しいん――」

「だめ」

しかも、即答で拒否された。さすがにショックで春海が言葉をなくすと、もう一度かぶりを振って「春海さん、それはだめ」と遼一は言った。

「春海さん、俺いますっごい嬉しい。嬉しいけど、無理だ」

「なんで無理なんだ？　嬉しいならどうしていやがる？」

胸を押し返し、逃げようとする身体を抱きしめる。

「遼一……うちに、おいで。そうすればいつだって会えるだろ」

「だめです、そんなの」

首筋に顔を埋《うず》め、かたく緊張している背中を撫でながら、春海は繰り返し、辛抱強く告げた。

「一緒に暮らそう、遼一」

かき口説くうちに、遼一の息があがってくる。震えがひどくなり、声がうわずって、彼の混乱と衝撃を物語る。

「そんなの、できない……！」

「するよ。できるから」

可哀想なくらいに遼一が動揺していて、けれどそこまで自分のことで彼が感情を揺さぶられるのが、いっそ嬉しいと春海は思った。

「出勤には少し遠くなるけど、通えない距離じゃないだろう？　家賃だって気にしなくていいし、なにより時間の融通がきく。どうしてそんなにいやがるんだ」

「そんな話じゃないのわかってるでしょう!?　やめてくださいっ」

史恵相手には、たしかに感じたことのない情動だ。史恵だけでなく、ほかの誰にもない。

遼一がこんなに苦しそうで、傷ついてでもいるかのように哀しげなのに、春海の胸の中は歓喜しかないのだ。

「准くんに、なんて言うんですか……！」

「遼一が好きだから一緒に暮らすって言うさ」

「言えるわけない！」

無茶苦茶だ、と遼一は目を瞠った。そのあとどこか哀しそうに笑うから、春海は胸が苦しくなる。

「春海さん、……春海さん。落ち着いて、お願い。俺、あなたに無理させたくない」

「離れてるほうが無理だ。俺はもういいかげん限界だし、それこそ遼一に無理させたくない」

さんざんこちらの都合ばかりで振り回し、知らない間に遼一をかたくなにしたのは自分だ。どうにか気持ちを伝えてみたが結局は遠慮されてばかりで、ろくに近寄ってももらえない。だったらもう、もっと強引に引きずりこんで、逃げられなくしてしまいたいのだ。

「よっぽど頼みこまないと遼一は俺の家に来てくれないし、いまの状態じゃ仕事が忙しくて会うのも結局前と変わらない、……いや、前よりひどいくらいだ」

会ってセックスしてさようならなんて、もういやだ。きっぱりと春海が告げると、遼一は潤んだ目を歪ませる。

「だ、だから……こうして、来てるでしょう？　顔、見られるだけでも俺……」

「遼一の顔を見てるのは准ばっかりだろう」

結局春海の不満はそこにある。どうにかして気持ちを通じあわせたと思ったのに、遼一はいつまで経っても他人行儀で、少しも甘えてくれない。

そのくせ、頼られただけで嬉しいと本気で顔を綻《ほころ》ばせるから、いじらしいやら腹が立つやらで、どうしていいのかわからないのだ。

明るく見えて、彼はすぐに自分の殻に閉じこもるから、よくよく気をつけていないとすぐに傷ついて疲れてしまう。

だったら四六時中――とはいかないが、最低限の部分で生活を共有したい。

春海にとっては、ただそれを素直に願うだけのことなのに、遼一はまるでおそろしいなにかが襲ってきたかのように目を瞠ったまま、かたかたと震えている。

「だって……怖いよ」

どうしてこのままじゃいけないの、とあどけないような声で呟いて、遼一は目の縁《ふち》に涙を浮かべた。

「同居なんか、怖くてできない。そんなので誰かに、変な目で見られたら？　それで一緒にいられなくなったら？」

「……遼一」

「そうじゃなくたって、准くんが……あの子が大きくなったとき、俺のことで苦労したりしたら、俺どうしたらいいんですか。そんなので春海さんがつらい思いしたらどうするの」

悲痛で苦しげな、胸が痛くなるような声で、遼一は訴えてくる。真剣なまなざしに春海は胸を摑まれて、薄い肩を抱き、髪を撫でた。

「俺、そんなのであなたに後悔されたら、生きてけない……准くんにも、嫌われたくない」

それくらいなら、ただの恋人のままでいい。ごくたまに会えるだけでいい。

壊れるくらいなら最初から多くは望まない。

声をつまらせて告げる遼一に、もどかしさといとおしさが同時に襲ってくる。

たしかに、むずかしい関係なのかもしれない。けれど、そんなことを考えていてもしかたないではないかと、春海はすでに思っていた。

史恵とシンジにしても、男女とはいえ十歳以上の年の差、しかも史恵が上だ。世間の目かららいえば充分うるさい言葉にさらされる関係で、それでも彼らは堂々としている。

春海にしたところで、遼一のことだけでなく、嫁に捨てられた男というレッテルはすでに貼《は》りついているのだ。ふたりの間では納得ずくといったところで、なにか言ってやろうと思う人間はどこかにいる。

だから過去の住まいを引き払い、新しい生活をはじめたのだ。だがそれを、春海以上に春海のことを気にする遼一には言いたくない。

だから、静かに、なるべく遼一の神経に障らないように注意した声で、春海は告げた。

「……准はそこまで、幼くないんだよ。遼一」

「え……？」

どういう意味だと遼一が目を瞠る。これを言うのは少し引かれるかと迷っていたが、春海は観念して最後のカードを切った。

「ついでにいえば史恵は大変に、ストレートな教育を施す母親でね。……この間、遼一とのことを彼女に白状させられていたんだが」

さんざんにからかわれたホテルでの会話を思い出し、いっそ清々しいような気分で春海は白状する。

「その際に、准に俺が男しかだめなことも言ってのけたそうだと聞いた。ついでにその件で親を恨んでも意味はないので、心の広い男になれと教育したらしい」

「ふ……史恵さんって……」

小学校一年生の子どもに向けても、聡明で正直な史恵は理詰めで語った。その折りのすべてを語ると、遼一は目を丸くして絶句した。

「強いよ。かなりね。今回、准を預けるときにも少し、電話で話したけれど」

――子どもにあんなことを言って通じるものなのか。

先だっての発言について春海が問うと、子どもの記憶力をなめるなとしらっと言われた。

——意味なんか、あとでわかればいいのよ。ちゃんと覚えていれば、思春期に勝手に自分で考えるでしょ。

「ついでに、自分らの勝手で准を振り回した件をどうするのかと問えば、『親に理不尽を学ばなくて、子どもはどこで理不尽を学ぶの』と史恵は雄々《おお》しく言ってのけたよ」

告げると、遼一はぽかんと口を開けたまま、呆れとも感心ともつかないため息をついた。

「その結果は准もきちんと知る権利があるだろう、とね。勝てるものじゃないよ、彼女には」

涙も引っこんだ遼一はなにを言っていいのかわからないまま、口を開閉させている。

——あなたもあたしも、最初から間違えた。間違いは早めに正したほうがいいんだから、これでいいんだわ。

きっぱりとおのれを肯定する史恵の潔さにはかなわないと、春海も苦笑を禁じ得ない。

「女性は居直ると強いということだ。……そのうち遼一にも会ってみたいと言っているけど、どうする？」

「や……それは、さすがに」

ふるふるとかぶりを振って、毒気の抜かれた顔をする遼一はひどく幼く見えた。その顔がひどくかわいらしく、不意打ちで口づけると真っ赤になる。

「……ついでに言われたことがある。最近俺は妙に若返ったんだそうだ」

「え……？」

「俺のそんながつがつした顔など見たこともなかった、だと。つきあってる子はずいぶん魅力的なのかしらと当てこすられたので、もと奥さんも若返ったと言ったらヒールで踏まれた」

「が、がつがつって……」

その表現に笑っていいのか困っていいのか微妙な顔をした遼一に、居直った男はしらっとしたまま言ってのけた。

「実際がっついてるだろう。……まあ、三十二でこれもどうかとは思うけど」

「あ……っ」

滾《たぎ》った熱を押し当てると、遼一はうろうろと視線をさまよわせる。そのあと、上目にこっそりとうかがうように春海を見つめてくる表情に艶が滲んで、思わず笑みがこぼれてしまう。

「そんなわけでね。……准には悪いが、両親揃ってこんななのはあきらめてくれと言ってあるよ。そして准は准で、『まあ、しょーがない』んだそうだ」

なにごとにもあっさりした気性は、あきらかに史恵に似たのだろう。息子の寛大さに甘えている面もあるけれども、そうそう親も人格者などではいられるものではない。

「准くん……でも、意味わかってないんじゃあ……」

「そうかもしれないね。……でもそれこそしょうがないんだ、遼一」

不安そうに遼一は言うけれど、そんなことは百も承知だ。

いまさら引き返せない。慈しみたいと思うものがいくつもあって、そのどれかをあきらめるのではなく、すべて手に入れたいと思ってしまったのは事実なのだ。

「パパは遼くんが好きだから、お嫁さんになってほしいと言ったら、准に反対された」

「それはあたりまえで——」

哀しげな顔になる遼一に、最後まで聞きなさいと春海は笑う。

「……遼くんは『准の』だから、パパにはあげないと言われたんだよ」

「え……？」

意外そうに目を瞠る遼一は、自分がどれだけ准になつかれているのか自覚がないらしい。

困った子だなとおかしくなって、春海は常々准が口にすることを教えてやった。

「遼くんはきれいでやさしいから、准のおよめさんにしたいんだそうだ。……さて困った。息子がライバルだ」

「は、春海さん、ふざけないで」

「ふざけてないよ。……このうえなく本気だ」

くすくすと笑いながら言うと、遼一は目をつりあげる。だがそのきれいな顔を両手に包んで、笑みをほどいた春海は静かな声で言った。

「遼一。頼む。俺と結婚して」

「ば……」

真剣に告げたとたん、ばかなことを、と言いかけた遼一の唇がひきつった。そのままひゅっと息を呑む音がして、わななく唇は半開きのまま固まっている。

「できるわけないこと、言わないで……！」

しばらく呆然となったあと、怒りさえ滲ませた目で遼一が睨んでくる。だがこの反応は予測済みで、身をよじって逃れようとする細い身体を抱きしめ、抵抗を塞いだ。

「気持ちの話だよ。形は違っていいから、籍を入れるのがいやなら、同棲だけでもいい」

「……なにを、言って……」

「愛してるよ遼一。一緒に暮らそう」

キスを繰り返しながら告げた。おそらく、史恵にプロポーズしたときの百倍以上の熱心さと必死さで、春海は遼一をかき口説く。

「なんでもいいから、俺のところにおいで。そして俺に、きみをちゃんと、甘やかす時間をくれないか」

「もういいっ、もう、言わなくていい……っ」

しゃくりあげ、もういらないと顔を歪める遼一は、きれいな顔を台無しにするほど子どもっぽい顔をしていた。鼻の頭に皺を寄せて、ひきつる唇を嚙みしめて。

けれどつくろったようなうつくしい笑顔より、春海にはいとおしくてかわいくてならない。

「世間体が気になるなら、親戚だとでも言えばいいだろう？　ここらあたりはどうせ、新しい顔ぶればかりだし。昔からの近所づきあいをやっているひとたちもそうはいない」

新興住宅地を選んだのは、顔ぶれがマンション以上に入れ替わりやすいこともある。古い土地で向こう三軒両隣、といった何代も続く住人たちならともかく、男やもめの所帯にいちいち口を突っこんでくる輩《やから》もそうはいないだろう。

「男だけで暮らしてるからといって短絡にそう結びつけるひとも、そうはいないよ」

「だって……」

「それに、言われたところでべつに、なにもかまいはしない」

もうとっくに、覚悟の上なのだ。いくらなんでも春海がなにも考えずにこんな提案をしたのだと思われたなら、それはそれで情けない話だと思う。

「俺は、遼一がいい。少しでも長く続くなら会えなくてもいいなんて思わない。毎日顔を見て、それでちゃんと、これからずっと、つきあうつもりだ」

「も……なにっ……」

信じられないと何度もかぶりを振って、遼一はぼろぼろ泣いている。こんなに泣き虫のくせに、どうしていつも平気な顔をしてごまかすのかと、きれいな頬を手のひらで拭った。

赤い目でじっと見つめてくる、その目つきにいつでもくらくらさせられる。こんなにも好きだと訴えてくる、雄弁な視線を春海は知らない。

「……好きだよ、遼一。いいかげん、信じてくれないかな」

「信じてる、けどっ……」

もうぐずぐずしたことを言わせるのも可哀想で、目を見たまま、ゆっくりと唇を重ねた。そのまま折り重なり、深く舌を差し入れると、遼一のそれが絡みついてくる。従順で大胆なキスに、お互いの息があがっていく。

「春海さん……はるみ、さん」

啜り泣くような声で訴えて、苦しくなった下肢を持てあますように遼一が身じろぐ。脚の間を撫でてやると身体をひきつらせて高い声をあげるから、もう濡れてしまったらしい下着ごと、脱がせてやる。

「するよ。いいね？」

「ん……いい……」

シャツを脱がせながら鼓動が激しくなった薄い胸をさすり、春海のそれは遼一の手が脱がせてくれた。

「あ、うんっ……」

裸になって、重なった腰を揺すって甘い声をあげさせる。ときどき呻くように低くなるそのなまなましい響きに、背筋がぞくぞくするほど感じるのはいつものことだ。

「かわいい、遼一」

　頬を撫でて甘いことを言うと、大抵の女性たちは照れながらも誇らしげだった。賛辞を与えられて当然とする彼女らの、凛《りん》としたうつくしさも悪くはないものだとは思う。

「本当にかわいいよ」

「いや、うそ……」

　だが、こうして睦言を囁くと「信じられない」とかぶりを振り、いたたまれないように身を竦める遼一のようないじらしさは、春海はほかに知らない。

「は、春海さん、もっときれいなひと知ってるくせに」

　赤い顔で拗ねたようなことを言う遼一は、妙に新鮮だった。涙の残った目尻に口づけ、春海はそっと細い身体を倒す。今度はもう、遼一も緊張することもないまま、おずおずと背中に手を回してきてくれた。

　頬をすり寄せると、なめらかな感触がある。しっとりとした肌が涙に上気していて、離したくないような甘い感触にぞくりとした。

「遼一がいちばんきれいだ」

「いいよ、そんな、もう……っ」

　嘘だと唇を噛むから、口づけてほどかせる。

「嘘じゃない。……身体も、こんなに気持ちよくて、いつもどきどきする」

「やっ、なに……！」

すらりとした脚を抱え、遼一の目を見たまま足の甲に口づける。瞬時に赤くなって暴れようとするから、膝から抱えこんで脚を舐めた。

フェティッシュな愛撫《あいぶ》に声もなく遼一は悶えるが、内腿を撫でながら膝を嚙む。仰《の》け反《ぞ》った喉にかすかな隆起があって、それすらも情欲を煽るばかりだ。

手の甲をきつく口元に押し当て、必死に声を殺す遼一がいとおしい。

しなやかで無駄のない、みずみずしい遼一の身体は喉が干上がるほどになまめかしい。ほっそりした脚に薄く浮かぶ筋やくるぶしの腱《けん》。健康的で張りつめた肌。

そういえば春海は若いころから、スレンダーで脚のきれいなタイプが好きだった。胸や尻の張ったタイプは苦手で、嫌悪するとまでは言わないがあまり食指も動かなかった。

思えばあれも結局は、性癖を自覚しきれないまま、できる限り中性的な雰囲気の女性を選ぼうとしていたのだろう。

（でも、この子以上にきれいだと思った相手はいなかった）

遼一と出会って、こうして身体を開かせてみると、ぼんやりと描いていた理想そのもののようなラインに驚嘆した。そうして自分が求めていたのはこれだと確信した。

それ以上に、ただ一途に健気に尽くそうとしてくれる彼の心根に、もうこの子しかいないと思ったのだ。

「きみが全部、欲しいよ。気持ちも、身体も、時間も」

「は……春海さん」

「だから、おいで。俺のそばにいて。……俺をもっと、気持ちよくさせて」

セックスや日常のことだけではなく、好きだと訴える目で春海をずっと見てほしい。同じどころかそれ以上の熱で返す自信はある。

「それで俺も、遼一をうんと、気持ちよくしてやりたい」

かわいがりたい、抱きしめたいしキスがしたい。甘やかして、笑った顔を見て、腕の中でくつろがせたい。

「やさしくしてあげたい。それで、もっと俺を好きになってほしいよ」

ふるりと言葉もなく遼一が震える。染まったうなじに口づけると、かぶりを振ってしがみつく。恥ずかしそうに肩に顔を埋めるから、少し強引に顎を捕らえてキスを奪った。

「俺……春海さんが、好きです」

「うん？」

「もう、好きすぎて、死んじゃいそうなのに……もっとなんて、無理」

涙ぐんでそういうかわいいことを言って、春海の気分をこれ以上よくしてどうするのだろう。いっそ抱き壊してしまいそうで怖いと背中を震わせて、なめらかな胸の中心に口づける。

「……どきどきしてるね」

「してる……いつも」

手のひらの下で、とっとっと早いリズムを刻む心音。触れたときにはそれがひときわ大きくなって、遼一の心が揺れているのがわかって嬉しい。

たまらなくなって、強く抱きしめる。唇をこすりつけ、舌を出して絡めあわせながら尖った胸をこね回し、脚を絡めた。

「あ……いや、だめ、あっ」

「いや……？」

そそりたった先端をこすりあわせ、ほっそりした遼一のそれを自分の性器で撫でるようにする。お互いから溢れたものと、垂らしたローションのせいで下生えはねっとりと濡れ、遼一が悶えるたびに粘着質な水音は響いた。

「あっあっ、あっ……！」

身体を重ねて揺すると、密着したところから響く音がひどくなる。卑猥なそれに遼一は真っ赤になって震えあがり、春海の身体にしがみついては鼻を鳴らした。

身体中を撫でたあとに細い腰を両手で抱いて、そのまま汗に湿った尻を掴む。ひくっと震えたやわらかな肉を好きなだけ揉みしだいて感触を味わい、じわじわと狭間に指を滑らせた。

「あう……そこ」

「指、入れてもいい？」

うん、と頷いた遼一の目が潤んでいる。口づけて、とろりとなった舌を吸いながら何度も肉のあわいをくすぐっていると、早くと訴えるようにそこが開いていくのがわかる。

しっとりと湿った狭い場所に人差し指を押し当てた。くぼみにぴたりとあわせて小刻みに揺らすと、がくんと跳ねたきれいな脚が力なく開いていく。

「遼一、うしろ向いて」

「ん、ん」

焦れったくてたまらないのだろう、言われるまま素直に頷いて背を向けた遼一は、膝をつくと春海に向かって恥ずかしそうに腰を突き出してくる。身体中が震えていて、汗の浮いた背中を撫でると手のひらに吸いつくような感触があった。

「背中もきれいだね」

「や……もう、いいから」

骨に沿って撫で下ろし、欲しがって悶える尻を摑んだ。うなじから降りていくキスは白く丸いラインにまでたどり着き、左右のそこを軽く嚙みながら指先をローションで濡らす。

「はやく、はやっ……はう……ん！　あああ……っ」

焦らなくていいとなだめるように尻を撫でながら、ひくついている粘膜に指を立てる。

塗りつけたそれの助けなど借りなくても平気なくらいやわらいだそこが、春海の長い指を吸いこんだ。ぬるりとした甘い熱と抵抗感に、春海の声もうわずりそうになる。

「ひさしぶりなのに、すごくやわらかいね」

「や……ごめん、なさいっ……」

耳朶を嚙んで囁くと、遼一がびくっと小さく反応した。なにも悪いことではないのになぜ謝るのか――と訝しんだ春海は、もしやと思って問いかけてみる。

「自分でしたの？」

声は戻らず、だがその瞬間遼一の背中がすうっと一瞬色づいた。無言で枕に顔を埋め、表情を隠すように両手でその端を握る遼一に、ぞくぞくした気分になった。

きれいな顔で、いつも清潔そうな遼一の淫猥さを、春海はもう知っている。

だがふだんの彼は涼しく微笑むばかりだから、あれももしや自分のためのサービスかとさえ思っていたのに――。

「……指は、入れた？」

我ながらいやらしいなと呆れるような声で問うと、ぶんぶんと首を振った。だが、嘘をつくなと告げると、硬直していた遼一は涙目でなじるように睨んだあと、唇を嚙み目を伏せて、かすかに頷く。

（やばいな）

想像しただけで一瞬ぐらりとした。異様な興奮に理性を失いそうで、春海はぐっと腹の奥に力を入れ、細い身体を抱きしめる。

「遼一……」

「ん、んん……っ？」

耳の裏に口づけて囁くと、ひくひくと喉を鳴らした遼一が振り向く。涙目にぞくりとして、乾いた唇を無意識のまま舐めると、ざわっと遼一の肌がさざめくのがわかった。

（壊しそうだ……）

たぶん、相当飢えた顔になっていたのだろう。遼一が怯えたようにかぶりを振って、そのまま逃げようとするからさらに強く引き寄せ、奥を探る。

「遼一。顔見せて」

「いや……っあ、い、や」

「だめだよ、見せて。そうじゃなきゃこのままだ」

「ひ……！」

一本だけ中に送りこんだそれを軽く揺らし、ぴたりと春海は動きを止める。また大きく背中を震わせた遼一は、おずおずとぎこちなく振り返り、泣きそうな顔で春海を見つめた。

「会えなくて、我慢してた？　自分でしちゃうくらい、待たせた？」

「ごめんなさっ……」

「謝らなくていいよ。嬉しいよ」

欲しがっていたのが自分だけではないことに、どこかほっとする。怯えたように肩を竦める遼一の手を取って、さわって、と自分のそれに触れさせた。

「俺は遼一に触るから、遼一はこっちをして」

「春海……さん……」

しなやかな指が春海の性器を握りしめる。小指から徐々に絡めるようなやりかたや、感じる場所を心得た愛撫の手つきは慣れた仕種でしかないのに、真っ赤な顔で春海を見つめる遼一の顔はどこまでも純情で不安そうに見える。

「春海、さ、春海さぁ、んっ、んっんん、い……」

「気持ちいい……？」

問いかけながら激しく指を動かしてやる。遼一の中に入ったそれはもう三本あって、中の襞を撫でるようにばらばらに動かすとほっそりした身体がシーツに突っ伏した。

「うん、ああ、あん！　だ、だめえ……！」

真っ赤になってかぶりを振り、逃げようとする腰を摑んだ。だめだよ、と耳を嚙むと遼一はいやいやをするようにむずかって、細い身体を何度も大きく跳ねさせた。

「ひっ……あ、も……もう、もう……許し、て」

「なにを？」

春海が意地悪く指を揺さぶると「あああ」と叫んで腰を振る。しゃくりあげ、どうしていいのかわからないような顔で春海を見つめ、そこに浮かんだ淫靡な笑みに遼一は唇を嚙む。

「いやぁ……いじ、いじわる……いやだ」

「なに？　どうして」

笑ってはぐらかすと、唇を噛んだ遼一がきゅうっと手の中のそれをきつく握ってくる。痛いよと苦笑すれば、今度は奥に入りこんだ指を締めつけられた。

「欲しい……もう、そこ、うずうずする……っ」

涙目で男心をくすぐり、痛いほど握ったそれを撫でまわす手つきが卑猥すぎる。どうせまなざしひとつで、言葉ひとつで春海をすぐに追いつめるくせに、なじるような目をする遼一は少しずるいんじゃないかと思う。

だが、そこでそれ以上焦らせるほど、春海のほうに余裕もない。

「欲しいの？」

「うんっ……」

だったらこのまますするかと問えば、いやだと拗ねる。

「抱っこして、ください。前から……顔見せて、いれて」

せがむ声に逆らえるわけもなく、ぬめったそこから指を抜いて力の抜けた身体を抱きしめなおした。とたん、しんなりしたきれいな脚が春海の下肢に絡みつき、遼一がキスを求めてくる。

心臓が破裂しそうに高鳴っている。無言で口づけを繰り返しながら腿に手をかけ、さらに身体を開かせてから、濡れた粘膜同士を押しつけあった。

「んう――……！」

ずるりと、身体が甘いあたたかいクリームの中に沈んだ気がした。とろりと絡みつき、ねっとりとしごいてくる、そのうえ感度もよく震えて応える、極上の身体を遼一は持っている。

「は、……気持ちいいね、遼一。熱くて、ひくひくしてる」

「うぁん、あ、んっ……い、言うの、やだ」

羞じらって顔を隠そうと逃げるから、それがそのままつながった場所への刺激になる。同時に身震いしたあと揺れた身体は止まらなくなり、春海はほっそりした腰を摑んで動き出す。

だが、嬌声をあげた遼一は潤んだ目を瞠って、ひどいとかぶりを振った。

「いや！　ああっ、そこ、そこが……そこばっかりっ……」

わざと感じるポイントをずらしているのに気づかれたのだろう。

抗議するようになにかを言いかけた瞬間を狙って乳首をこね回し、腰を送りこむから、遼一の口からは甘ったるい悲鳴しか出てこない。

「ここが？　なに？」

どうしてほしいの、と性格の悪い問いをぶつけると、ばか、と恨みがましい顔をする。何度か揺さぶったそのあとで、焦れた遼一はしっかりとしがみついたまま、恥ずかしそうに呟いた。

「……もっと、奥……ふぁあう！」

突いて、とねだる声に眩暈《めまい》がした。言われるより早く、急いた春海のそれが彼の中をさらに圧迫して、舌なめずりでもしたい気分で春海は呟く。

「遼一。気持ちいいよ、上手に締めてくれる……」

だからもっとと求めると、遼一は羞恥と惑乱にかぶりを振った。

「ひどっ……い、ひど……そんな、おっきいの、もう、むりっ」

「そうしたのは遼一だ」

セックスの快楽や、まっすぐな愛情をもらう心地よさや——自分が男だったのだなとあためて感じるような、凶暴な情動。そのすべてを、いまさらこの歳になって春海に教えこんだくせに、怯んでもらっては困る。

「いや……春海さん、も、や……もう、やだぁ……！」

「だめだよ、感じすぎて怖いだけなら、逃がさない」

逃がす気はないと教えるように激しく揺さぶると、もうやだ、と泣きだした。

ふだんはしっかりしているくせに、こんな時間の遼一は子どもみたいに甘ったれる。うねる粘膜は熟れて甘く、よじる腰も練れた動きで、それなのに表情だけ初々しい。

（こんなに色っぽいくせに、不思議にすれてない）

そのギャップがたまらなくて、ことさらいじめてしまいたくなるのは、こういうときにしか本音を見せてくれないからだろうか。だからつい追いつめる真似をしては、さらに遼一に泣かれてしまう。

（もっと乱れて、取り繕えない顔を見せればいい。ぼろぼろに崩れて、全部さらけだして）

年下なのに大人の顔で、自分を甘やかそうとばかりする遼一を、手の中で転がしているような気分になる。

狭くあたたかく濡れた、身体の奥をこじ開けて、突き刺して揺すって、射精したい。泣いて縋らせたいなどと思ったのは、遼一にだけだ。これは自分のものだと、暴力的な快楽を教えこんで、自分以外なにもわからなくしてやりたいくらいでいる。

「きみを全部、俺のものに、したいよ……」

そんなことは錯覚と知っていて、それでもこの心地よく細い身体を少しでも思うままにしていると思いあがれる時間に、春海はいつも負けてしまう。

「だから……もっと、甘えてくれよ」

「な、に……？」

ひっそり呟き、その情けなさに自嘲の笑みを漏らしつつ、春海は細い身体を抱きしめる。ぼんやりとした目で遼一が『聞こえなかった』と言った気がしたけれど、言葉はそのまま口づけでふさぐ。

「んう……うんっ、んんっ」

舌を絡めたまま腰を送りこむと、きゅうう、と彼の中があたたかく窄まる。背筋に走る悪寒に似た快楽に震えながら、遼一の好きなところばかりをゆっくりとこすり、手のひらで撫で、濡れた性器をいたずらした。

「あ、だめ、いっちゃ……う、い、っちゃう」

「いっていいよ」

「やだっ、やだぁ……！」

舌で乳首を捏《こ》ねながら揺り動かし、ひくひくと痙攣する腹部に反り返った性器を手のひらで押しつぶす。転がすように根本から押し揉むと、悲鳴じみた声をあげて上半身をのたうたせる。

「だめ、しちゃだめっ……！」

「どうして？　好きなだけ感じればいい」

「は……み、さんと」

まだいきたくない、と必死にかぶりを振るからなぜと問えば、返ってきた答えは春海の心臓を破裂させるようなものだった。

「春海さん、と、いっしょ……いき、たい」

「りょ……っ」

赤い鼻を啜りあげて、肩にしがみついて、腰の奥で男を絞りながらそんなことを言う。それがどれだけの手管なのかと頭の半分で思いながら、ふつりと春海の中のなにかが切れる。

「な、中で出す、とき、いきたいよっ……あっ、ふあ!?」

呻いた春海が遼一の脚を抱えあげ、膝から抱きしめるようにして強く、腰を押しこんだ。膨れあがった自身がとろけた肉の中で暴れまわり、斟酌《しんしゃく》なく突きあげる動きが止まらない。

「痛い？　遼一」

「いた、くないっ……あぁ、い……っ、いい、きもちいい……っ」

遼一がぎくっと驚いたように目を瞠ったのは一瞬だけで、激しすぎるそれに抗うこともないまま、拳を握って指を噛み、いく、いく、と泣いて腰をうねらせている。

「もう……いくよ、遼一……いかせて」

「やっ、あひっ、あ……っんあ、い、いってっ」

目を見たまま告げると、こくこくと頷いた遼一が唇に吸いついてくる。んん、と呻いたのはもうどちらかわからず、ひどい興奮のままに春海が動きながら射精し、遼一がきつく背中を引っ掻いて、腿で胴をしめつけてきた。

「んっんっ……あ、いっちゃっ……いっちゃっ、たっ……」

「ん……もう少し……」

お互いの身体にぬめった白濁を吐き出しながら、淫らな律動が止まらない。奥へと叩きつけた熱を塗りこめるように腰を動かすと、遼一がまた泣きだした。

「やだ、怖いっ！　また、すぐ……また……いやぁあ！」

ぐっと息をつめた彼は小さく震え、続けざまに絶頂に押し上げられたようだった。痛いほどに春海を締めつけた粘膜が、どきりとするほど複雑にうねって男を絞り取ろうとする。

「う、わ……」

あまりの快感に春海は思わず呻いた。だがそのあと、いままでの春海にしがみついていたのが嘘のように力をなくして、ぱたっとシーツに倒れこむからぎょっとする。

「……？　遼一？」

ひくひくと痙攣するだけの遼一からは返事がなく、春海は一瞬青ざめた。なにかまずい状態になったのでは――と慌てて顔をのぞきこめば、遼一は震える拳を口元に当てて、本気で泣いている。

「ご……ごめん、まさか、痛くした？」

「っ……ひっ……いっ……」

違う、とかぶりを振る彼はひくひくと子どものようにしゃくりあげ、瞬きもしないまま泣いている。ここまでの遼一など見たことはなく、慌てて抱きしめて背中をさすると、「うぐ」と喉をつまらせた。

大泣きした准と似たような反応に困り果てる。ふだんは艶冶《えんや》に慣れた仕種を見せる遼一が、こんなに呆《ほう》けているのはさすがにはじめてだ。

「遼一……？　なにかいやだったのか？」

「ち、が……」

ごめんよ、とあやすように抱きしめてゆする。こめかみや頰に口づけ、涙を拭いてやりながら目をのぞきこむと、がたがたと震えていた遼一がようやく口を開いた。

「あ、あたま……真っ白に、なっちゃって」

「うん？」

「こわ、怖かった……さっきの、なに？」

なにと言われても、いったいなにがどうしたのか春海にもわからない。さあ、と首を傾げると、まだぼんやりとした目で遼一が縋りついてくる。どこもかしこもくったりとやわらかく、抱きしめるだけでどきりとするほど心地いい。

「いったい、どうしたの」

「お尻の中、熱くて……すごく変で、中に、どんどん来て……溶けそうだった」

いってもいってもきりがなくて、よすぎて、おかしくなりそうだった。言いながら、戸惑うように眉を下げた遼一は、まだときおりひくひくと、腰を痙攣させている。

「知らない……これ。なに？　俺、どうしたの？　ちゃんと、出ないし……」

言われて、そういえばと見下ろした遼一の性器からは、たらたらと止めどなく体液が溢れていた。激しく放つのではなく、いつまでも終わりきれないように中途半端な硬度しかないままだった。

「それって……」

それはいわゆるドライオーガズムというやつではないのか。射精で終わる快楽ではなく、女性的な、いつまでもきりのない快感と絶頂感が襲ってくるというあれと、いま遼一がぽんやり口にしたことは似ている気がする。

「遼一……」

「な、に？」

思い当たったとたん、春海は耳のうしろが熱くなるのを感じた。そして、おそろしく喜んでいるらしい自分を羞じて、苦く笑う。

そもそもこんなことで喜ぶのも本当にくだらないと思うけれども、変になったのが怖いとしがみついてくる彼がいとおしくてたまらない。

(本当に俺は、他愛《たわい》もない)

まるではじめて恋をして、はじめてセックスを知った少年かのように、遼一の全部に振り回されている。情けなさもばからしさも、新鮮で甘く、苦しささえ心地いい。

「早く、うちに越しておいで。今日からだっていい」

「春海、さん」

熱っぽい息をこぼして、しっとりした肌を撫でた。骨っぽい体型なのに、遼一の身体はなぜだかぎすぎすとはしていない。腕の中に納めると、これでちょうどだと思える、そんな身体だと思えてしまう。

「もう帰したくない。……離さない」

「あ、や、待ってっ……ああ！」

聞けないとうそぶき、まだおののきを残した脚を撫であげ、火照りを帯びたそこに指を差し入れる。ぬめりのひどい粘膜は、熱炉のように爛れた欲求を駆り立てる。

「明日、准を迎えに行くついでに、きみの荷物を取りに行こうか。しばらく暮らせるぶんだけでもいい。アパートを引き払うのはゆっくりでかまわないから」

「だ、め……そんな、のっ……あっ、あっ」

一方的なことを言いながら指を増やした。びくっと大きく震えた遼一は、胸の中で小さくなって「いや……」と呟きながらかき混ぜられるそこで感じている。

くちゅくちゅと音を立てていじっていると、自分の残したものと潤滑剤の混じったそれが、遼一の中から溢れてくる。体温にぬるまった粘りがきれいな脚の上を流れ落ち、遼一はまた目を潤ませた。

もっと、どこもかしこも濡らして、いっそ汚したいと思いながら春海は断言する。

「いやだは、もうきかない。いいね？」

ゆるやかにそらされた胸の上、赤いそれに舌を這わせながら指のいたずらを止《や》めずにいると、もうしないでくれと腰をよじって遼一が頷く。

「こ、これ以上……したら、明日、起きられな……っ」

「この程度で音をあげるのは早いよ、遼一。それに准を迎えに行くのは夜の予定だ」

微笑んだ春海に、遼一は赤面しながらも怯えた顔になる。その顔がかわいくて、もう我慢ができなくなる。

「だから、明日一日はたっぷり、時間があるよ」

脚を強引に割り開き、身体を挟ませる。触れた硬直のすごさにこくりと息を呑んだ遼一に告げると、彼は不安そうに問いかけてきた。

「そ、そんなにするの……？」

「遼一がずっとつれなかったからね。何ヶ月もお預けを食わされたんだ。とてもおさまりそうにない」

年甲斐もないと笑うなら笑ってもいい。ひさしぶりの恋人の肌は春海を虜《とりこ》にして離さず、どうしようもない男にしてしまう。

だが、触れた場所から伝わる熱に震えながらも、遼一はとろりと瞳を濡らした。

「俺だって……ずっと……」

「んん？」

焦らしあうようにお互いの身体を撫でながら、あちこちに口づける。タイミングを合わせるようにぬらりとした場所をこすりつけていると、遼一の肌がしっとりと濡れる。

「ずっと、ほしかっ……だから、あ、あっ」

「自分で……しちゃった？」

「知らないっ！」

からかう声に遼一は肩を殴りつけてきて、笑いながら痛くもない拳を受けとめた。

「……今度、見せて」

「ば、ばかっ……しないっ……んー……！」

「冗談だよ、怒るな」

お返しに腰をすり寄せて、予告もなくまた身体を繋げる。さきほどの余韻が残るせいか、遼一はなんらつらそうな様子もみせなかった。どころかうっとりとした顔で春海のそれを奥まで受け入れ、息を乱しながらせつない声でせがんだ。

「春海さん、毎日……抱いてくれる？　あの、エッチ……じゃなくて」

「いいよ。いくらでも」

おずおずとしたそれに、春海が否やを唱えるはずもない。ずっとこうしてあげるよと深く抱きこむと、遼一はしばらくしてこくりと頷いた。

そのあとはなにをしても、言っても言われても感じてしまった遼一は甘く乱れて、骨から溶けたようにやわらかく、春海の腕の中におさまっていた。

「春海さん……春海さん……」

泣いてしがみついてくる腕を、ほっそりした肩からゆっくりと撫で下ろし、手首の内側をくすぐるように這わせて指を絡める。

ふと思いつき、春海はつないだ左手を持ちあげ、心臓にいちばん近いという言い伝えのある指を噛んだ。なにも形にして残すものは渡せないけれども、彼の胸のいちばん奥に、せめて届くような甘い痛みを与えたかった。

遼一はぼんやりと快楽に濡れた目で噛まれた指を見つめ、その意味に気づいたあと泣き笑いのような顔を浮かべて「ばか」と小さく呟いたあと、そっくりと同じことをして、年上の男の似合わない気障《きざ》な仕種を受け入れてくれた。

＊　＊　＊

後日、遼一は春海の家に寝泊まりすることにはなったが、正式に引っ越すのはまだしばらく待ってくれと言われてしまった。

というのも月頭にその話を持ちかけてしまったため、遼一のアパートの契約上の問題もあったのと——やはり、数日経って頭の冷えた遼一がこう言ったからだ。

「だって、まだお互いいろんなこと、知らないでしょう？　ちゃんと生活してみて、それから同居を考えてもいいと……思うんだけど」

たまに泊まりに来るだけならともかく、同居人となった場合に准はどう受けとめるか。

それから春海との生活的な感覚が違う場合の懸念もあると、どこまでも遼一は慎重だった。

春海もだいぶ説得を試みたのだけれども、若いくせに頑固な遼一は『お試し期間』がどうしてもほしいと言い張り、春海に両手をあげさせた。

「まあ……しかたがないね。遼一がそう言うのなら」

「スミマセン」

ため息をついて了承すると、遼一は小さくなって頭を下げる。だが、そういう堅実なところも好きな要素ではあるので、春海としてはなんとも言いようがない。

だが、恐縮しきったようにうつむく遼一にはやはり、もうしばらくもどかしい思いをさせられそうだ。

(幸せ慣れしてない、か)

かつて余呉が春海に向けて言った台詞を、いまさらながら噛みしめる。

だが慣れというものは、時間をかければ可能なものであるだろうし、幸いにも春海は忍耐強さには自信もある。

なにしろ生意気盛りの子どもを育てている身だ。それに比べれば言って聞くぶん遼一のほうがまったく素直かもしれない。

「……まあ、ゆっくり、慣れればいいよ」

「え？　なにがですか？」

幸せにしてあげるなどと、おこがましいことは言えない。けれど、春海の自宅のソファで、パジャマを着たまますうすうと寝る准を膝に乗せている遼一は、少しずつ以前より表情が幼くなってきている。

無自覚らしい、ゆるんだ表情にどれだけ春海が嬉しくなっているのか、たぶん遼一は気づいてもいないだろう。

なめらかな頬を撫でて、半開きの唇をそろりと撫でた。ふっくらしたそこから清潔な歯がのぞいて、だめだと視線で咎めるのも聞かずにキスをする。

「だから、准くんが……」

「一度寝たら起きないから」

こんなときには聞きわけのいい大人の顔をするより、甘えてみせるほうが遼一には有効だ。案の定、キスをやめない春海に呆れたふりでため息をつき、そっと准の目元を覆って遼一も目を瞑《つむ》る。

空いた部屋には少しずつ荷物を運び入れている。ベッドは新しいのを買ったけれども、いまのところ遼一がそこで寝たのはたった一回、春海が出張に出たその日だけだ。

とりあえず遼一にとって、あのダブルベッドの寝心地は、春海の抱擁というオプションをつけても悪くはないものらしい。

「さてじゃあ、我が家の暴れん坊を寝かしつけてこよう」

さんざん唇を弄《もてあそ》んだあとに、それでも目を覚まさない准を抱きあげると、遼一は口元を押さえて赤くなっていた。

「こんなことしてたら、ほんとにばれますよ」

「だから、もうとっくにばれてるって言うのに」

遼一が家に来るにあたり、史恵に倣《なら》って包み隠さず、准には状況を説明してある。

そして母親の狙いどおり、細かいことは気にしないおおらかな幼児は、ふーん、と首を傾げてこう言ったのだ。

——それって遼くんが、准のままになるの？

そこらあたりの違いはもう少し大きくなってから説明するつもりだが、まあおおむねそんなところだと言ったら「准のままじゃなくて准のおよめさんがいい」とむくれてくれた。

とりあえず愛息子は大好きな遼一が同居することについては大歓迎だったので、そこのあたりは問題もない。

「見ると聞くとじゃあ違います……！」

「まあたしかに性教育は、まだ早いか」

「そういう問題じゃないでしょうっ、まじめに、俺は言ってるのに」

叱りつけてくる遼一は、まるで気づいてもいないだろう。こんなにがみがみと春海に対して遠慮のない口調になっていることなど。

「ベッドで待ってて」

「春海さんってば……！」

そんなふうに少しずつ、遠慮をやめて、距離を縮めて、こんな言い争いも気づいたら、ただの日常になっていればいい。

甘い小言を背に受けて、春海は笑いながら、最近重くなってきた我が子を寝かしつけるべく、歩き出した。

あとがき

今回の話は過去の雑誌掲載作に大幅加筆改稿＋続編です。じつはこのお話を掲載した雑誌は、エロスがコンセプトになっていまして、前半三分の一以内に絶対にベッドシーンを入れるよう言われ、ひいひいしたものでした。おかげで加筆にあたり、エピソードをいじり構成を入れ替えたら、本編ラストあたりが延々裸族という羽目に……。しかも最中、微妙に本筋に絡んだ会話や描写をしているので、ソレなシーンも削るに削れず。結果、メロウなわりには、かなりこってりな話にしあがりました（笑）。しかし約四年前に書いた話なんですけど、自分しみじみこういう感じのキャラとか関係が好きですね。春海と遼一、楽しく書きました。准も史恵も楽しかった。史恵は知人のママ連中の教育方針がけっこうモデルです（笑）。

イラストの街子先生、大変に色っぽいイラストをありがとうございます。遼一が美人で春海が大層素敵でした……。あとラフでいただいた、春海と准のラブラブ親子が非常に萌えでした。准のほっぺをむにむにしたいです。そして子萌え仲間（？）の担当さまにも、もろもろ大変お世話になりました。なぜか私、ルチルさんではお子ちゃまを書くことが多い（キャラの幼少期とかも含め）気がするのですが、それは担当さんのちっちゃい子好きに励まされている気もします（笑）。そしてＲさん坂井さん冬乃毎度ありがとう！

読んでくださった皆様にも感謝しつつ、またどこかでお会いできればと思います。

✦初出　恋愛証明書……………LAQIA Super EXtra vol.1（2002年11月）
愛情証明書……………書き下ろし

崎谷はるひ先生、街子マドカ先生へのお便り、本作品に関するご意見、ご感想などは
〒151-0051 東京都渋谷区千駄ヶ谷4-9-7
幻冬舎コミックス　ルチル文庫「恋愛証明書」係
メールでお寄せいただく場合は、comics@gentosha.co.jp まで。

幻冬舎ルチル文庫

恋愛証明書

2006年3月20日　　第1刷発行

✦著者　崎谷はるひ　さきや はるひ

✦発行人　伊藤嘉彦

✦発行元　株式会社 幻冬舎コミックス
〒151-0051 東京都渋谷区千駄ヶ谷4-9-7
電話 03(5411)6431［編集］

✦発売元　株式会社 幻冬舎
〒151-0051 東京都渋谷区千駄ヶ谷4-9-7
電話 03(5411)6222［営業］
振替 00120-8-767643

✦印刷・製本所　中央精版印刷株式会社

✦検印廃止

ISBN4-344-80735-9　C0193　Printed in Japan

本作品はフィクションです。実在の人物・団体・事件などには関係ありません。